楚辞·鉴

逸响伟辞，卓绝一世

周玉洁◎著

中国工人出版社

图书在版编目（CIP）数据

楚辞·鉴：逸响伟辞，卓绝一世 / 周玉洁著. —北京：中国工人出版社，2020.10

ISBN 978-7-5008-7495-9

Ⅰ. ①楚… Ⅱ. ①周… Ⅲ. ①楚辞－诗歌欣赏 Ⅳ. ①I207.223

中国版本图书馆CIP数据核字（2020）第188760号

楚辞·鉴：逸响伟辞，卓绝一世

出 版 人	王娇萍
责任编辑	葛忠雨　周小彦
责任印制	黄　丽
出版发行	中国工人出版社
地　　址	北京市东城区鼓楼外大街45号　邮编：100120
网　　址	http：//www.wp-china.com
电　　话	（010）62005043（总编室）（010）62005039（印制管理中心） （010）62379038（社科文艺分社）
发行热线	（010）62005996　82029051
经　　销	各地书店
印　　刷	北京美图印务有限公司
开　　本	880毫米×1230毫米　1/32
印　　张	7.25
字　　数	180千字
版　　次	2020年12月第1版　2021年10月第2次印刷
定　　价	68.00元

前言

《楚辞》是我国第一部浪漫主义诗歌总集。有着两千多年历史的《楚辞》，虽深奥难懂，却是我们必须了解的中华古籍经典之一。它是中华文化的重要源头，对中国文学的发展有着深远的影响和意义。两千多年来，无数文学艺术创作者沿袭《楚辞》的创作手法，吸纳《楚辞》的艺术特点，选取《楚辞》中出现的人物、神灵鬼怪的形象和历史事件，演绎了无数文学艺术作品。

《楚辞》以其独有的艺术特色和强劲的生命力在世间流传，古老又新鲜。它被一代又一代人不断阅读、使用、研究、传播，直至今天。

正如著名的文学评论家郑振铎曾说的那样："《楚辞》像水银泻地，像丽日当空，像春天之于花卉，像火炬之于黑暗的无星之夜，永远在启发、激励着无数后代的作家们。"

在我国古代，楚地位于现今的湖南、湖北、安徽西部一带。楚人喜欢唱歌，楚地有着丰富的歌谣。那时，人们把楚地流行的歌谣称作"楚辞"。到了战国时期，楚国出现了卓越的诗人屈原，他创作出深受人们喜爱的新诗体。此后，人们就以"楚辞"特指战国时期以楚国屈原的创作为代表的新诗体了。

"楚辞"有着楚地特有的方言和韵调，以多彩的句式、新奇的手法，描绘楚地的山河美景、人文风俗、历史变迁和宗庙祭祀，具有浓郁的楚文化色彩。“楚辞”受到人们的喜爱，引起人们的关注后，很多诗人开始模仿“楚辞”的写作技巧和特色，写出了仿作。

那时的诗人写诗作赋没有署名的习惯，好的诗作会被人们口耳相传或抄写传播。以至于后来，“楚辞”传抄本众多，收录的篇幅也不同。“楚辞”中文章作者的认定，“楚辞”里包含多少篇文章，哪些是屈原的原作，哪些是后人的仿作等，就变得难以确证。不过，因为爱好“楚辞”、研究“楚辞”的人很多，从宫廷到民间总能留下些可供后人考证的线索，一些关于“楚辞”的疑问，渐渐在争议中有了一些定论。

古代学者们考证出，流行的《楚辞》中不仅有屈原创作的作品，有后人的仿作，甚至还有伪作。西汉末年，在宫廷中负责整理古籍的目录学家刘向，把战国时期屈原、宋玉的作品以及汉代淮南小山、东方朔、王褒及刘向自己的仿作汇编为《楚辞》。后来，东汉的文学家王逸又增加了他所作的《九思》。

从那以后，《楚辞》作为中国第一部浪漫主义诗歌总集和骚体类文章总集，正式被定名为《楚辞》，通行的版本包含《离骚》《九歌》《天问》《九章》《远游》《卜居》《渔父》《九辩》《招魂》《大招》《惜誓》《招隐士》《七谏》《哀时命》《九怀》《九叹》《九思》17篇文章。

在《楚辞》中，要数屈原的《离骚》最为著名。提到《楚辞》，就会想到《离骚》，于是人们就把屈原创作的这种新诗体也称作“骚体”。随着时光的推移，《离骚》渐渐成了《楚辞》的代名词，人们把喜欢吟诗作赋的人称为“骚人墨客”。于是，“骚人”

也就成了诗人的代名词。

在本书中，主要围绕屈原这一主要作者，按照专家、学者考证后初步认定的创作时间，结合屈原的生平遭遇，采取简明通俗、一读就懂的方式来进行解读。本书内容涉及屈原所在的战国中晚期的楚国历史及楚国内部晦暗的政局和楚国灭亡的原因，力图让阅读本书的读者在欣赏《楚辞》的同时了解屈原的人生经历，理解屈原这一伟大诗人怀着对楚国的无比热爱，却在现实中屡遭不幸，最终投身于江水以身殉国的悲惨遭遇。

本书将贴近屈原的思想情感和文字表达方式，通过解读《楚辞》中具有代表性的篇章，带领读者领略《楚辞》的艺术成就和文学魅力；通过学习《楚辞》的精髓，感受两千多年前的诗人如何通过文字传达丰富的思想，造就流传千古的绚丽诗篇。

透过古老的《楚辞》中的诗句，让我们随着大诗人屈原一起游吟吧。体会他在《橘颂》里所表达的“苏世独立，横而不流”的决心；倾听他在《惜诵》里发出的“惜诵以致愍（mǐn）兮，发愤以抒情”的呐喊；体味他在《抽思》里“惟郢路之辽远兮，魂一夕而九逝”的感叹；感悟他在《离骚》中“长太息以掩涕兮，哀民生之多艰”的哀怨；欣赏他在《招魂》中“川谷径复，流潺湲（chán yuán）些。光风转蕙，氾崇兰些”的明丽书写；感受他在《涉江》中“登昆仑兮食玉英，与天地兮比寿，与日月兮同光”的恢宏气概；体验他在《渔父》中“举世皆浊我独清，众人皆醉我独醒”的现实处境；理解他在《天问》中“遂古之初，谁传道之”的一连串发问……这些穿越人间和天境、有现实、有想象、有神仙鬼怪和奇异事物的诗篇，现实与梦幻交织，或沉重，或明快，或空灵，或哀婉。它们是一位悲怆而伟大的诗人遭受颠沛流离的磨难，燃尽生命之光，为我们留下的珍贵文化遗产。

亲爱的读者朋友，让我们开启走进《楚辞》的奇妙之旅，沿着历史脉络，轻松读懂《楚辞》。愿大家在阅读中学到更多知识，拥有更多启发，获得更多亲近古籍经典的体验和乐趣。

周玉洁

2020 年 10 月

臣戴天瑞指頭恭畫

九章　叹《离骚》以扬意兮，犹未殚于《九章》

九歌　奏《九歌》而舞《韶》兮，聊假日以婾乐

目录

屈原

悲莫悲兮生别离，乐莫乐兮新相知

屈原（约公元前 339—公元前 278 年）是战国时期楚国著名的诗人和政治家，他是《楚辞》最主要、最重要的作者。屈原被后人称作“中华诗祖”，有着跌宕起伏的一生。

痛苦和挫折在某种程度上成就了屈原的伟大诗赋。他所遭遇的现实痛苦，他的所感所思和经历，在他的诗作中都能一一找到对应。在后面的章节中，沿着战国时期楚国的历史变迁，随着对屈原遭遇和经历的逐渐了解，我们将看到他不同时期的作品。他倾注于那些诗篇和辞赋中的愤慨、呐喊、忧思与激情都将在字里行间展现。

在人生的不同阶段，屈原写下了《楚辞》中的重要诗篇。了解屈原的生平事迹，能更好地理解屈原的诗赋。虽然经过两千多年的时光，追溯这位伟大诗人的历史生平及创作年谱是一件非常困难的事，历代学者对相关的很多问题也存在争议，但仍然可以就史料和公认的观点，大致梳理出一些较为可信的线索，还原屈原这位大诗人、政治家的人生故事和创作轨迹。

了解屈原是走进《楚辞》的第一步。屈原创作的诗篇与辞赋，

屈原

屈原为楚国王室一族，出生于楚国丹阳（今河南西峡或湖北秭归）。早年受楚怀王信任，他先后任三闾大夫、左徒等职，常与怀王商议国事，参与法律的制定。在屈原的努力下，楚国国力有所增强。但由于自身性格耿直、骄傲，加之他人的谗言与排挤，屈原逐渐被楚怀王疏远。公元前305年，屈原反对楚怀王与秦国订立黄棘之盟，但是楚国还是彻底投入了秦的怀抱。屈原愤而辞官自疏，离开郢都，流落到汉北。屈原在流放期间创作了大量文学作品。楚怀王死后，楚顷襄王听信谗言，又将屈原流放。屈原最终投汨罗江而死。屈原创立了「楚辞」这种文体，被誉为「衣被词人，非一代也」。传世的作品有《离骚》《天问》《九歌》《九章》《招魂》等。其中，《离骚》是屈原的代表作，也是中国古代文学史上最长的一首浪漫主义政治抒情诗。《天问》以问语一连向苍天提出了一百多个问题，涉及天文、地理、文学、哲学等许多领域，表现了诗人对传统观念的大胆怀疑和追求真理的科学精神。《离骚》与《诗经》中的「国风」并称「风骚」，代表所有诗歌，也有人将诗人称为「骚人」。后人都绘过《离骚》与《九歌》，其中以清代萧云从所绘最为著名。

屈原像

选自《历代帝王圣贤名臣大儒遗像》，推测绘制于清康熙年后，现藏于法国国家图书馆。在秦、楚、齐三国中，秦和楚是最有可能统一六国的国家，而且秦占优势。所以，楚国只有和齐国联合，才能和秦国相对抗。屈原最初在楚怀王的支持下，联齐抗秦，积极改革。后来，楚怀王听信谗言，渐渐疏远了屈原。公元前313年，张仪蛊惑楚怀王，破坏楚齐联盟。楚怀王兴师伐秦，三战皆败。这时楚怀王才醒悟过来，「悔不用屈原之策」，于是复用屈原。但楚怀王很快又破坏楚齐之盟。屈原竭力反对，被楚怀王流放到汉北地区（今陕西安康一带及汉水上游地区）。楚怀王死于秦国后，屈原写《招魂》纪念楚怀王。楚顷襄王继位后，屈原再次被流放。屈原眼看着楚国走向灭亡，却无能为力。他过鄂渚（今湖北武昌），入洞庭，渡湘水，最后在今湖南长沙附近的汨罗江投江自尽。

屈原手执水仙像

纨扇。清代任熊绘。1944年9月，古典文学专家孙次舟教授在成都《中央日报》发表文章《屈原是『文学弄臣』的发疑（兼答屈原崇拜者）》，声称屈原是同性恋者，当时在文坛引起一片哗然。作家朱自清同意孙次舟的观点，并请出著名诗人、楚辞专家闻一多教授主持公道。闻一多对孙次舟的发疑表示支持，并认为『战国时代盛行崇尚男风，人们并不以此为惭，所以屈原在诗歌中自称「美人」，对自己的仪表多有夸耀，在诗句中对同性爱情做大胆表白，并不出奇。』图中屈原手捧水仙。屈原死后，被后人尊为『水仙王』之一。水仙王是中国海神之一，以贸易商人、船员、渔夫最为信奉。各地奉祀的水仙尊王各有不同，一般为伍子胥、屈三闾等人或其他英雄才子、忠臣烈士，与大禹合并供奉，称为『诸水仙王』。

伴随着他的人生旅途。穿过历史迷雾，结合屈原的生平事迹，在了解屈原曲折人生经历的过程中，走进他的诗篇，贴近他的思想情感去体会、欣赏《楚辞》。

周显王三十年（公元前339年）正月，屈原在楚国的丹阳出生。那时的楚国人，并不知道这个出生于楚国贵族家庭的孩子，将来会成为楚国那么有名的诗人和政治家，且因《楚辞》扬名后世。

屈原为芈（mǐ）姓，屈氏，他名叫“平”，字为“原”，因而被人们称作屈原。屈原在他的长诗《离骚》中，提到自己的身世，说自己作为上古时

《读〈离骚〉》

选自《杂剧新编》。清代邹式金辑。顺治年间刊本。《离骚》全诗共373句，2490字，诉说屈原的政治理想，批评群小的诽谤打击与楚怀王的妄信谗言。设想上天下地，上叩帝阍（hūn），但天门不开，屈原陈志无路，于是有去国远逝之想，又望见自己的故乡，最后决定以身殉国。《离骚》采用了『比兴』手法，以生动的比喻，营造出一种幽远的意境。诗人还大量利用神话传说、历史人物、日月风云、山川流沙等，构成一幅异常雄奇壮丽的图画。另外，民间流传吃粽子、赛龙舟的习俗，都和屈原有关。赛龙舟相传是为了打捞屈原的尸体，或以鼓声吓走吃屈原遗体的鱼（一说是为了纪念越王勾践操练水师，另说则是纪念伍子胥）。图为屈原死后，楚人划龙舟纪念他的情景。

《汨罗江》

选自《杂剧新编》。清代邹式金辑。顺治年间刊本。图为屈原与渔父吟唱的情景。屈原既放，游于江潭，行吟泽畔，颜色憔悴，形容枯槁。渔父见而问之曰：『子非三闾大夫与？何故至于斯？』屈原曰：『举世皆浊我独清，众人皆醉我独醒，是以见放。』渔父不以为然地说：『既然您觉得别人都是肮脏的，就不该自命清高；既然别人都喝醉了，那么您何必独自清醒呢！』屈原曰：『吾闻之，新沐者必弹冠，新浴者必振衣。安能以身之察察，受物之汶汶者乎？宁赴湘流，葬于江鱼之腹中。安能以皓皓之白，而蒙世俗之尘埃乎？』渔父莞尔而笑，鼓枻（yì）而去。歌曰：『沧浪之水清兮，可以濯吾缨；沧浪之水浊兮，可以濯吾足。』遂去，不复与言。

《赐枭羹》

题：『汉令郡国贡枭为羹赐官以恶鸟，故食之。』

《射粉团》

题：『射粉团，唐宫中造粉团角黍饤盘中，以小弓射之，中者得食。』

清代徐扬绘《端阳故事图册》

绢本，设色，共八开，图册分别描绘了端阳节期间的民俗活动。

《养鸲鸽》

题：『取鸲鸽儿毛羽新成者去舌尖，养之皆善语。』

《采药草》

题：『五日午时蓄采众药治病，最效验。』

《系采丝》

题：『系采丝，以五色丝系臂，谓之长命缕。』

《悬艾人》

题：『荆楚风俗以艾为人悬门户上，以禳毒气。』

《观竞渡》

题：『观竞渡，聚众临流称为龙舟胜会。』

《裹角黍》

题：『以菰叶裹粘米为角黍取阴阳包裹之义，以赞时也。』

清代 《缂丝龙舟竞渡图》

赛龙舟的活动可追溯至战国时代，是中国端午节的传统习俗之一，《荆楚岁时记》云：『五月五日竞渡，俗为屈原投汨罗日，人伤其死，故命舟楫拯之。』每年端午节，楚地纷纷举行龙舟竞渡活动，以纪念屈原，后来逐渐演变成民间一项重要的端午节活动。此幅图中可以看到五艘龙舟，龙舟个个装饰华丽，每只龙头上都站有一个扮相不同的童子，龙舟两侧彩旗飘飘，锣鼓喧天，舟上的参赛选手跟随鼓声节奏，奋力划桨。水中和岸上均有观赛的百姓，他们或立或坐，场面喧嚣热闹。

期部落首领颛顼（zhuān xū）的后人，作为楚武王的儿子屈瑕的后裔，幸运地在正月这个充满生机的美好季节出生在了楚国。

他在《离骚》中写道：

“帝高阳（五帝之一，颛顼的称号）之苗裔兮，朕皇考曰伯庸。

摄提贞于孟陬（mèng zōu，指正月）兮，惟庚寅吾以降。

皇览揆（lǎn kuí，指生辰，生日）余初度兮，肇（zhào，开始，初始）锡余以嘉名：名余曰正则兮，字余曰灵均。”

从这几句诗中，可以了解到屈原是五帝之一颛顼的后裔，他的父亲字为伯庸。屈原出生于一年之初的正月。他在诗中自称名为“正则”，字为“灵均”。

幼时的屈原居住在乐平里（位于今湖北省秭归县乐平里），他聪明好学，喜欢读书。对诗文和典籍的大量阅读，丰富了屈原的学识，激发了他对文学的热爱，为他将来写下《楚辞》奠定了

坚实的基础。

贵族出身的屈原对贫苦的百姓怀有同情心，他善待乡邻，关注国家大事，对美、对公义的事物十分感兴趣。周显王四十八年（公元前321年），秦国攻打楚国，年轻的屈原报国心切，他组织乐平里的年轻人一起抗击秦军，显现出超群的机智和军事才华。

周慎靓王元年（公元前320年），楚国的君主楚怀王召屈原进京，任命屈原在鄂渚（古地名，位于今湖北境内）当辅佐县令的县丞。县丞这个官职，大约相当于如今的副县长。官职虽不大，却是屈原走出家乡、入朝为官的重要起点。

周慎靓王二年（公元前319年），楚怀王升任屈原为左徒。左徒是楚国特有的一个官职，当上左徒的屈原开始参与楚国的内政外交事务。这年秋天，楚怀王派屈原第一次出使齐国。

那时候的屈原，一心报效楚国。他踌躇满志，对楚国的前景充满信心，对自己的人生充满美好的期待，正如他写下的诗篇《橘颂》里所呈现的那样，人生明媚，充满芬芳。

离骚

以情为里，以物为表，抑郁沉怨

《离骚》产生的历史背景

《离骚》是屈原才华横溢的代表作，是屈原创作生涯中最长的一首诗作。它是一首抒情长诗，兼有自叙生平的特点，有自传的性质。

《离骚》全文有三百多句，两千多字，它不仅是我国古代最长的抒情诗，也开辟了中国文学浪漫主义的源头，对后世的诗赋创作产生了深远影响。有观点认为，《离骚》创作于屈原被楚怀王流放时。还有观点认为《离骚》创作于屈原被楚怀王疏远时，屈原对楚国的政治现实不满，对自身的遭遇感到不公，才“发愤以抒情”，创作出了《离骚》这首政治抒情诗。

战国时期　楚国铜镜

直径18厘米。

屈原怀着报效楚国的愿望，自他进入楚国朝廷为官开始，就打算以自己的才能为楚国鞠躬尽瘁。他满怀热情地在楚怀王的支持下，进行楚国的变法改革，盼望楚国这个大国能欣欣向荣，立于不败之地。可改革没能持续下去，屈原的政治理想未及实现，他的梦想就破灭了。贵族、官员们为了自身的利益，千方百计诋毁屈原，阻挠变法改革。

周赧王元年（公元前314年），楚怀王免去了屈原左徒的官职，把屈原降职为没有什么实权的三闾大夫。

周赧王二年（公元前313年），楚国内部矛盾重重，因为奸臣不断进谗言，导致楚怀王对屈原越看越不顺眼，把屈原驱逐出了京城，让屈原不得再参政议政。屈原只好离开京城郢都，流浪于汉北。

战国　奇字钟

礼器。蟠虺纹。钲部、铣部有铭文。

不久后，楚怀王为了派屈原出使齐国，曾召回屈原，但出使齐国归来后，屈原再次被楚怀王遗忘到了一旁。

周赧王十一年（公元前304年），楚怀王决定与秦国结盟，持反对主张的屈原被迫离开都城，又在汉北地区流浪。

楚国与秦国、齐国之间关系动荡，楚怀王左右摇摆不定，他一度想和齐国结盟，一起抗秦；一度又迫于秦国的压力，和秦国套近乎，想与秦国结盟。

公元前304年，秦国君主秦昭襄王和楚怀王在黄棘（jí，位于今河南省南阳市一带）结盟，秦昭襄王把秦国上庸（今湖北省十堰市竹山县一带）送给了楚国当结盟礼物。

周赧王十二年（公元前303年），齐、韩、魏三国以楚怀王违背合纵盟约为由，联合攻打楚国。楚国寡不敌众，情急之下求助于秦国，并把楚国的太子送到秦国当人质，以此为条件请求秦国出兵相救。

楚国太子去秦国当了人质后，秦昭襄王派兵增援楚国，帮楚国击退了齐、韩、魏三国联军。

周赧王十三年（公元前302年），在秦国当人质的楚国太子与秦国的大夫起了冲突，楚国太子杀了秦国大夫逃回楚国。这件事导致秦、楚两国关系破裂，此后，秦国就不断地对楚国发起进攻。

楚国的这种处境是屈原不愿看到的，他心痛于自己的国家陷入无休止的战乱，不满楚怀王因听信小人的谗言而将忠心耿耿的贤臣抛弃。他冥思苦想解决楚国困局的出路。

屈原强烈的报国之心和政治理想得不到实现，他把自己无处诉说的心声都倾注在了诗歌辞赋里，把所见、所闻、所思、所想写进了《离骚》。

《离骚》描绘的现实

屈原在《离骚》中，叙述了自己的身世。

“帝高阳（五帝之一，颛顼的称号）之苗裔兮，朕皇考曰伯庸。

摄提贞于孟陬(mèng zōu，指正月)兮，惟庚寅吾以降。”

诗中写道，屈原是上古时期部落首领颛顼的后人，他已去世的父亲字为伯庸。在寅年的正月，正当庚寅日那天，屈原降生。

“扈（hù，披，带）江离与辟芷（zhǐ）兮，纫秋兰以为佩。

汩余若将不及兮，恐年岁之不吾与。

朝搴（qiān，拔取）阰（pí，古代楚地的山名）之木兰兮，夕揽洲之宿莽（sù mǎng，香草）。”

年少时期的屈原置身于山水间，他时常肩披芬芳的香草“江离”和“芷”，身挂秋兰结成的佩带。香草与兰花的芬芳吸引着他，年轻的他也会因美丽的花草想到飞快流逝的时光，继而生出时不我待的愁绪。

太阳出来时，他会去山里折回木兰。到太阳落山时，他又会去水边的小洲上采摘名叫“宿莽”的香草。

从《离骚》中，我们可以看到屈原对美、对芬芳与高洁表现出有别于一般人的挚爱。他的诗句中常出现各种香草的名称，诗中的香草也成为高洁品行的象征及良臣的象征。

后来，屈原入朝为官，当过鄂渚县丞，几年后又被升任为左徒，主持楚国的改革。

屈原主持的新法改革触动了楚国贵族的利益，贵族和官员们对屈原多有不满。在楚国的朝臣上官大夫的诋毁下，楚怀王免掉了屈原左徒的官职，把屈原降职为三闾大夫。

楚怀王不再与屈原商议国事，屈原多次在关键时候进言，都没有得到楚怀王的采纳。在《离骚》中，屈原写道：

“乘骐骥以驰骋兮，来吾道夫先路……

彼尧舜之耿介兮，既遵道而得路。

何桀纣之猖披兮，夫唯捷径以窘步。

惟夫党人之偷乐兮，路幽昧（mèi，昏暗）以险隘。

岂余身之惮殃（yāng，灾祸）兮，恐皇舆之败绩。”

在诗中，屈原骑上千里马飞驰而行，紧紧追随着那些为他开路的圣贤古人。他看到圣明的古代帝王唐尧、虞舜，遵循正道走上正途，残暴的君主夏桀、殷纣，想走捷径却走入了歪门邪道；他看到那些结党营私的人苟且偷欢，前途险恶黑暗。他在心中自问道，难道我坚持正道是因为害怕灾祸吗？我明明是在害怕国家走向覆灭啊！

从得到楚怀王的信任和重用，主持楚国的改革，到被奸臣陷害，被降职，屈原在几年间遭到接二连三的打击。他甚至都想不明白，为什么自己忠心耿耿地辅佐楚怀王，一心一意致力于振兴楚国，却落到了这样的地步。

屈原的苦闷、不甘与无悔，也被他写进了《离骚》：

“长太息以掩涕兮，哀民生之多艰。

余虽好修姱（xiū kuā，洁美的意思）以鞿羁（jī jī，指马缰绳和络头，比喻束缚）兮，謇（jiǎn，正直）朝谇（suì，指进谏）而夕替。

既替余以蕙纕（huì rǎng，用香草做的佩带）兮，又申之以揽茝（lǎn chǎi，采集茝草）。亦余心之所善兮，虽九死其犹未悔。”

清代 金农绘《红兰花图》

现藏于故宫博物院。此图与《兰花图》笔法相同，只在构图上略有差别。

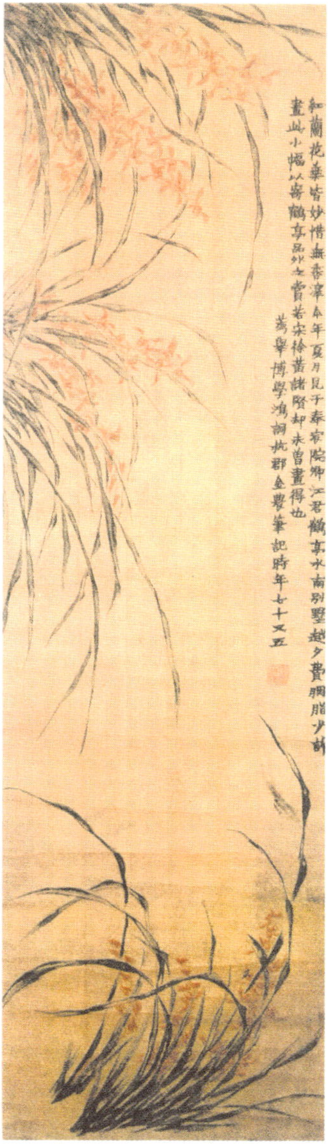

清代 金农绘《兰花图》

现藏于南京博物院。兰花在中国久负盛名，自古以来就是文人墨客笔下的常客，兰花品质高洁，一直是君子的象征。屈原的作品中大量写到『兰』，如《离骚》中：『余既滋兰之九畹兮，又树蕙之百亩。』另《招魂》中：『兰薄户树，琼木篱些。』又如《九歌·少司命》中：『秋兰兮青青，绿叶兮紫茎。满堂兮美人，忽独与余兮目成。』金农绘制的这幅《兰花图》中，三丛兰花遥相呼应，清新脱俗。

商代　毕龟爵

此器物是宗庙内祭祀祖先而制的温酒礼器，此爵腹深卵圆底，流宽，短柱在近喉处，柱顶作笠帽形，耳鋬如弯板條，三足略短。铜腹饰『兽形纹』，双眼凸起，柱帽有『旋涡纹』，铭文刻在腹壁上，铸有『毕龟』二字族徽。中国酿酒产业历史悠久，楚国地处长江中游地区，常年气候温暖湿润，降雨充沛，适合稻谷生长，稻米是楚人的主要食物，也是当地人酿酒的主要原料，楚人在长期的生活实践中逐渐发展出成熟的酿酒手工业。同时，楚人又继承了商人的酒文化精神和传统，用酒来祭祀多神，尽虔敬之事。《九歌·东皇太一》就写到用美好的事物和美酒进行祭祀的诗句：『蕙肴蒸兮兰藉，奠桂酒兮椒浆。』

商代 亚丑杞妇卣

此器为商代后期装酒器物。器盖盖沿与盖顶呈垂直，盖住器身上的子口，器身两侧双环显示该器原本有提梁，通过双环与器身相连，但今已遗失，此卣为殷墟晚期器制。颈盖皆饰夔纹，腹饰兽面纹。这些花纹皆浮雕鼓出器表，但不见雷纹衬底，这种没有雷纹衬底的兽面纹见于殷墟晚期，足饰二细线浅浮雕弦纹。盖里中间及器底中央同铭各四字『亚丑杞妇』。在春秋战国时期各诸侯中，当属楚国的饮酒之风最盛，如《招魂》中写道：『铿钟摇簴，揳梓瑟些。娱酒不废，沈日夜些。兰膏明烛，华镫错些。』可以感受到当时楚国贵族饮酒作乐至通宵达旦的宏大场面。

这几句诗的意思是："我时常叹息，禁不住掩面哭泣，觉得世道艰险，人生太过艰难。我以高洁、美好为追求，严格约束自身的言行，坚持直言劝谏。可谁料到，我早晨向君王进谏，到晚上就被贬黜。有些人攻击我身佩蕙草啊，又指责我喜爱采集茝草。我高洁与芬芳的追求，我向善爱美的心不会变，为这追求，即便是死上无数次，我也绝不后悔。"

屈原虽受到诋毁，被楚怀王疏远，但他并不为自己的追求后悔。

面对被贬职、被楚怀王冷落疏远的现实，屈原处于不被世人理解的苦闷中，他的姐姐曾对他进行了劝告，在《离骚》中，屈原描绘道：

"女媭（xū，指屈原的姐姐）之婵媛（chán yuán，形容牵挂、担忧）兮，申申其詈（lì，指责骂）予。

曰鲧（gǔn，上古时期的人物）婞（xìng，刚正）直以亡身兮，终然殀（yāo，夭折）乎羽之野。

汝何博謇（jiǎn，指正直）而好修兮，纷独有此姱（kuā，美好）节？

薋（cí，指积聚）菉葹（lù shī，草的名字）以盈室兮，判独离而不服。

众不可户说兮，孰云察余之中情？

世并举而好朋兮，夫何茕（qióng，指孤苦）独而不予听？"

屈原被贬职离开国都后，他的姐姐曾告诫说："你看古代那一心为百姓治理洪水的鲧，就是因为性格太过刚直，最后被杀死在了羽山的荒野之中。你为什么不改改你的性格呢？既然大家都喜欢普通的花草，你就随着众人的喜好就好，可是你偏偏追求什么芬芳与高洁的香草。你心中的那些想法，又没法挨家挨户、挨个儿去和别人解释，这个世上有谁会理解你的本心呢？世人原本喜欢呼朋唤友、拉帮结派，唯独你我行我素。我的好话，你为什么不听呢？”

屈原知道姐姐的这番责备是出自好意。他知道那些为他担忧的人，都是出于对他的关心，可他无法向他们说清楚自己心中的志向。

有时候他也想找人诉说自己的想法，可是，对谁说呢？也许只能把那些想法都寄托在诗里。他在《离骚》中道出自己的身世和遭遇，描绘自己的忧愁和苦闷，书写自己面临的现实困境。他苦苦寻找，却找不到出路。

《离骚》中呈现的幻境

困顿于残酷现实中的屈原，将笔触从眼前的现实，投向了过去和历史，并在幻想出的虚拟仙境中寻求解决困境的出路。他在《离骚》中写道：

“济沅湘以南征兮，就重华（指舜，上古时代的部落首领）而陈词……”

屈原无处诉说心事，无法求得世人的理解，在诗句中，他恨不得渡过沅水、湘水，向南一路走去，去向贤明的古代首领舜陈述心中的想法。

他回顾历史，展望未来。他从远古时期开始追溯，一直思索到夏商时期。他认为历史上无数贪图享乐、没有仁德、不洁身自好的人都没能善终。他在诗中写道：

“夏桀（jié，夏朝的暴君）之常违兮，乃遂焉而逢殃。
后辛之菹醢（zū hǎi，指古代的酷刑）兮，殷宗用而不长。
汤禹俨而祗敬兮，周论道而莫差。
举贤而授能兮，循绳墨而不颇。”

夏朝的君王夏桀，因为残暴荒淫，导致夏朝覆灭、百姓遭殃。

商纣王昏庸无道，滥用酷刑，把忠臣剁成肉酱，导致商朝灭亡。

而商朝的开国君主成汤和夏朝的开国君主大禹，以及周朝的奠基者周文王，都是因为正直贤良，才成就了王道。

屈原认为，历史表明上天是公正的，天道惩治残暴和邪恶，扶持善良和正直。那些古之圣贤，才是他该学习的榜样。

在《离骚》中，屈原回顾历史，更进一步坚定了自己的信念。哪怕仍旧是孤独的，哪怕被世俗排挤，哪怕被驱逐，他也要秉持善美、高洁的理想，圣贤之道才是世人都该走的光明大道啊！

在忧思中沉浸的屈原，将视线投向天际。他仰望天空，脑海中浮现出一幅自由、美丽的画面。他自语道，既然人世间如此浑浊，我不如到美妙的仙境中去寻求真理吧。在想象中，他仿佛跃入了高空的仙境中，眼前出现了浪漫而绚丽的景象。

尧帝像

选自《历代帝王圣贤名臣大儒遗像》，推测绘制于清康熙年后，现藏于法国国家图书馆。尧是中国上古时期部落联盟的首领，『五帝』之一。在传说中，尧是帝喾与庆都之子，姓伊祁，名放勋。十三岁，佐帝挚。十五岁，被封于唐（今山西临汾），故又称唐尧。二十岁，代挚为首领。他团结亲族、联络友邦、征讨四夷、统一华夏。爱民勤政、富而不骄、怒而不烦、仁德如天。主政期间，派鲧治水，制定历法，整饬百官。在位70年间，访遍天下贤士，得到舜，并把首领之位传给了舜。

舜帝像

选自《历代帝王圣贤名臣大儒遗像》，推测绘制于清康熙年后，现藏于法国国家图书馆。舜是轩辕黄帝八世孙。姚姓，妫氏，名重华，字都君，山东濮州姚墟（今河南省范县和山东省鄄城县）人。传说两眼都是双瞳，故名重华。中华民族的共同始祖之一，父系氏族社会后期东夷部落首领，『三皇五帝』之一。后成为中原地区最强大的部落联盟首领。

他写道：

“吾令凤鸟飞腾兮，继之以日夜。
飘风屯其相离兮，帅云霓而来御。
纷总总其离合兮，斑陆离其上下。”

他仿佛飞身于云朵间，凤凰展翅，昼夜不停地在身旁飞舞，一阵接一阵的清风从身边飘过。色彩斑驳的云彩，在空中上下游动，或聚或散……在那五光十色的天上，诗人暂时忘掉了充满烦恼、浑浊不堪的人间，在云朵间自由翱翔。

在《离骚》所描绘的天上幻境中，屈原苦苦寻找他在人间难以找到的真理与光明。

“驷玉虬以椉鹥（yī，神鸟）兮，溘埃风余上征。
朝发轫（rèn，指驱动车子）于苍梧兮，夕余至乎县圃（xuán pǔ，神仙居住的神山，在昆仑山上）。
欲少留此灵琐兮，日忽忽其将暮。
吾令羲和弭节兮，望崦嵫（yān zī，神山）而勿迫。
路曼曼其修远兮，吾将上下而求索。”

诗中描绘道：

我驾着虬龙和神鸟拉的凤车，上天开始了幻境中的远征。早晨从楚国的苍梧郡出发，日暮时就飞到了神仙们居住的昆仑山顶。我本想在神宫的门口稍稍停留，无奈时光飞逝，暮色将至。我命令驱赶太阳的女神羲和慢点儿走啊，别让太阳那么快就落入崦嵫神山。天路漫漫，又长又远啊，我将上天入地，努力寻求真理。

“路曼曼其修远兮，吾将上下而求索”这一千古名句，道出了屈原不畏艰难险阻，也要追求真理的决心。

屈原在诗中描绘出在天上仙境中的寻觅，他却未能寻到渴求的光明。他看到的是令他失望的景象：

“吾令帝阍（hūn，天宫的守门人）开关兮，倚阊阖（chāng hé，天宫的门）而望予。

时暧暧（ài，昏暗不明）其将罢兮，结幽兰而延伫。

世溷（hùn，混乱）浊而不分兮，好蔽美而嫉妒。”

我让把守天宫的门卫把天门打开，他却只是倚着天门望着我。

天色已晚，天光昏暗不明，我手挽着芬芳的幽兰，久久徘徊在天宫的门外。

这里的世道仍旧是清浊不分啊，这里的把关者仍会因为妒忌而把美好的事物阻挡在外。

在那虚幻的天境中，屈原手持散发着幽香的兰草，心怀美好的向往，不断地徘徊思索，不断地发出感叹。在《离骚》中，他通过诗句，以幻想的形式遨游天地，上下求索，以寻找志趣相同的知己和实现理想的途径。他去寻找过天神宓妃，宓妃却仗着美貌而傲慢自大；他去求过天上的神巫占卜，去过神山昆仑和不周山下，去过仙界、去过西海……他上天入地，却失望地发现天上人间，都是一样的浑浊不堪，一样的排挤贤能、妒忌美好的事物。

日本岩崎灌园绘《本草图谱》

全书共存九十二卷，收录植物近一千九百种。分类包括：山草、水草、毒草、蔓草、菽豆、蓏菜、水菜、芝栭、夷果、山果、香木、乔木、灌木、苞木等。在其中挑选了一些在《离骚》中常见的草本植物进行介绍。

艾草

『艾』又名医草、冰台、黄草、艾蒿，自古即为有名的医用本草。《楚辞》中提到的『艾』多是作为香草的反衬，例如『户服艾以盈要兮，谓幽兰其不可佩』，用香草『兰』来对比『艾』。

芍药

芍药初夏开花，有红、白、紫等颜色，以白色的花最为常见。唐宋以后，御花园、寺院、庭院等多栽植为观赏花卉，扬州芍药更是艳冠天下。

清中期　玉镂雕山水人物香囊

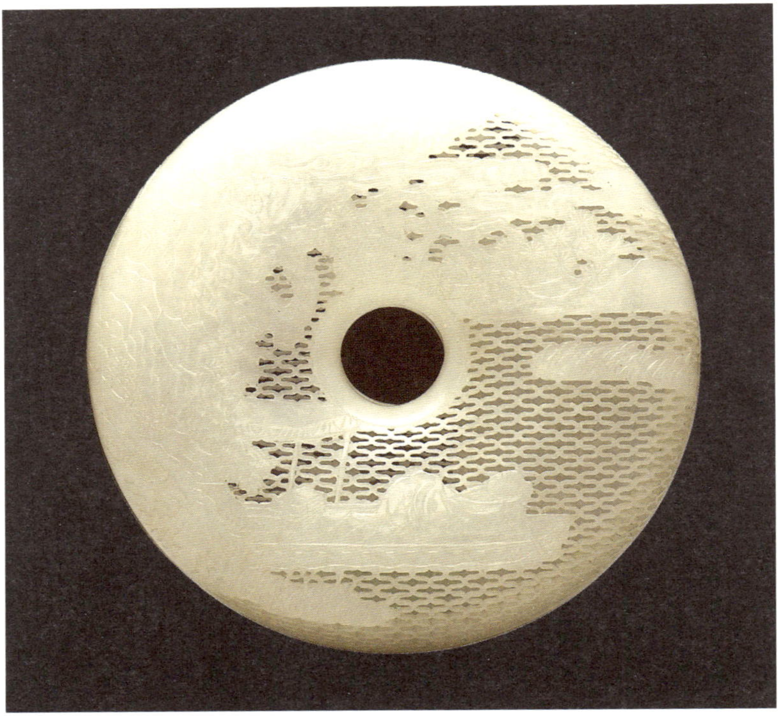

“陟升皇之赫戏兮，忽临睨（nì，指斜视）夫旧乡。

仆夫悲余马怀兮，蜷局顾而不行。”

在诗意构建的云端之上的幻境中遨游的诗人，笔锋一转，又回到了日思夜想的故土。他置身于天外，在炫目的阳光中，透过云彩，忽然瞥见了苦苦思念着的故乡。他在诗中感叹道，面对故乡，我的仆从是那么悲伤，我的马也因怀乡而踌躇不前。

“国无人莫我知兮，又何怀乎故都！

既莫足与为美政兮，吾将从彭咸之所居。”

诗人哀叹道：“偌大的故国却无人理解我啊，我又因何要去怀念故都？既然不能实现政治革新的理想，我不如效仿古代的圣贤彭咸，像他那样投水而死以殉国吧！”

九章

叹《离骚》以扬意兮，犹未殚于《九章》

托物言志的《九章·橘颂》

据考证，《楚辞》中的《橘颂》，是中国文学史上第一首咏物诗，这首诗被收录在《楚辞·九章》里。有观点认为，《橘颂》是屈原年轻时创作的自我激励的诗篇；也有观点认为，《橘颂》是屈原入朝为官，出使齐国期间创作的诗篇。

橘（jú），是我们常吃的水果。这首为橘创作的诗篇，托物言志，通过对橘树的赞美，表达了作者的志趣。

诗中写道：

“后皇（指天地）嘉（指美善）树，橘徕服（指适应）兮。

受命不迁，生南国兮。

深固难徙，更壹志（指志向专一）兮。

绿叶素（指白色）荣（指花朵），纷其可喜兮。

曾枝剡（yǎn，锐利）棘，圆果抟（tuán，通‘团’，圆的）兮。

青黄杂糅（róu，混杂），文章（指花纹色彩）烂（指斑斓）兮。

精（指鲜亮）色（指表皮）内白，类可任兮（当依洪兴祖、朱熹等校语作‘类任道兮’，如同深怀大道的君子）。

纷缊宜修（指枝叶繁茂优美），姱（kuā，美好）而不丑兮。”

这些诗句为我们描绘了橘的外在美：
天地间那美丽的橘树，生来就适宜这一方水土。
它受命于天地，生长于南国，立志不再迁移。
根深蒂固地驻扎于南国大地，它的志向是多么专一。
绿叶间开出素白的花朵，是那样缤纷可喜。
繁茂的枝叶啊，尖利的棘刺，浑圆的果实挂满树枝。
青黄不一的果子啊，色彩斑斓美丽。
它果皮鲜亮，内里高洁，如同深怀大道的君子。
它枝叶繁茂，修饰合宜，美好得没有一点瑕疵。
《橘颂》里这些简短的诗句，描绘出橘树的姿态、颜色、枝叶、

清代　佚名绘《楚江图》

楚江，即现在的长江，楚国发源于长江流域上的湖北、湖南地区。之后一直东进，至战国相继占领长江流域各国，故古人亦称长江为『楚江』。这幅清代绘制的《楚江图》，原为北宋画家燕文贵绘制，目前收录于美国弗利尔美术馆。此幅《楚江图》绘制的江水浩渺、烟雾弥漫中有渔船经过，岸上的苍松郁郁葱葱，亭台楼阁掩映在这些巨石古松中，整幅画古朴醇厚，表现了长江流域俊朗的自然风景和人文景观。《橘颂》一诗中有写：『后皇嘉树，橘徕服兮。受命不迁，生南国兮。』说的就是橘树的种植地域由于水土问题只能在长江以南，不能在长江以北，诗中的『南国』，就是指当时的楚国，因此楚国境内的江就被称为『楚江』。『橘生淮南则为橘，生于淮北则为枳』也由此而来。

清雍正 铜胎画珐琅粉橘地福寿杯

花朵、果实，展示出橘美好的外在形象。随后，诗人以拟人的手法，借橘言志，借物抒怀。诗中写道：

“嗟（赞叹词）尔幼志，有以异兮。

独立不迁，岂不可喜兮。

深固难徙，廓（指胸怀宽广）其无求兮。

苏（指觉悟）世独立，横而不流兮。

闭心自慎，不终失过（当作‘终不失过’，即始终不犯错误）兮。

秉（指保持）德无私，参天地兮。

原岁并谢（指凋亡），与长友兮。

淑离（指善良美丽）不淫，梗（指正直）其有理兮。

年岁虽少，可师长兮。

行比伯夷（古代圣贤的别称），置（指种植）以为像（指榜样）兮。”

这些诗句借诗人的视角和感慨，呈现出橘的内在志向和精神之美，通过对橘的赞叹，表露出诗人的志趣情操。诗中叹道：

赞叹你这橘树，幼年立志，与众不同。

屹然独立，志向不改，令人欣喜。

根深蒂固，难以迁徙，胸怀宽广，无欲无求。

绝世独立，不随波逐流。

静心自守，终无过失。

保持无私的品德，参天立地。

宋代　李唐绘《采薇图》

此卷画的是商末伯夷、叔齐不食周粟，在首阳山饿死的故事。图中伯夷与叔齐正在休息，两人的衣饰简劲爽利。伯夷，子姓，墨胎氏，名允，字公信。商纣王末期孤竹国第七任君主亚微的长子。叔齐是伯夷的弟弟，也是孤竹国君主亚微内定的继承人。叔齐不忍心与哥哥争夺王位，伯夷也不愿违背父意。于是，两人将王位让给伯夷另一个弟弟亚凭，双双来到周地部落中养老，与周文王关系良好。后周武王讨伐纣王，伯夷和叔齐不满武王身为藩属讨伐君主，加上自己世为商臣，力谏。武王不听，不久周灭商。两人愤忾，决定不食周粟，以表明对殷商的忠心，最终隐居在原殷商荒芜之地首阳山（今河南省洛阳市东30公里偃师境内），以树皮、野菜为食，最终饿死。

真想与你同生共死，成为你的友人知己。

你美善而不放纵，你正直而通达。

你的年纪虽小，却可以做我的师长。

你的德行好比古代的圣人伯夷，我把你种植在我的园中，好向你学习，以你为榜样。

《橘颂》这一屈原早期的作品，开创了中国诗歌史上咏物诗的先河。诗篇既赞美橘，又借橘表达诗人的人生态度和追求，展现诗人的精神世界与人文思想。这样的写法，就是“托物言志”，这是屈原首创的，是他最先使用的写作手法。

《橘颂》是咏物诗和托物言志写作手法的最早来处。在写景状物抒情的文章中，发挥联想与想象，使用屈原开创的这一写作手法，会让文章变得更生动，更有立意。

在《橘颂》这首诗的每一句末尾，都以一个“兮”字结尾。“兮”常出现在《楚辞》中，它是中国古人歌咏时的语气助词，也是中国古代诗歌辞赋中常见的语气词，它出现在句尾，作用如同现在的诗文中用来强调语气、表示感叹的“啊”“呀”“哇”。

战国时期，秦国的变法取得成功，秦国国力增强，成为诸侯国中的强国。其他国家感到了威胁，也都开始实行变法。

屈原出使齐国后不久，楚怀王重用了屈原等一批贤才，准备在楚国推行变法。

公元前 317 年，在楚怀王的支持下，屈原开始着手楚国的变法。屈原的才华在那时得到展现，他深得楚怀王的信任，楚国的改革展现出欣欣向荣的前景，旧法令与旧制度被废除，各项新的法令在屈原的主持下相继出台。但新法触动了楚国贵族的利益，贵族和官员们对屈原多有不满，他们见楚怀王对屈原那么信任，就对屈原有了怨恨与妒忌。

楚国的朝臣上官大夫，因为嫉妒屈原的才能，向楚怀王进谗言，捏造事端恶意诋毁屈原。楚怀王信以为真，不仅开始疏远屈原，还免去了屈原左徒的官职，把屈原降职为三闾大夫，让他做着主持宗庙祭祀、管理宗族、教育贵族子弟一类的事。

在屈原被降职后不久，秦国打算攻打齐国。原本，秦国打齐国，牵扯不到楚国，但那时齐国和楚国是关系很好的盟国，秦国担心楚国会帮助齐国反击。秦王为了确保万无一失，打算先破坏掉齐国和楚国之间的结盟。

秦王派了说客张仪去楚国，张仪给楚怀王献上许多珠宝，花言巧语地骗取了楚怀王的信任。他对楚怀王说，只要楚国能和齐国绝交，秦国愿意与楚国结盟，并为楚国献上六百里土地。秦国割地给楚怀王本是一个诱饵和骗局，目的是促使楚怀王与齐国绝交，楚怀王却没能识破这个骗局。

屈原极力劝谏楚怀王不要相信秦国的许诺，不要听信张仪的话，不要与齐国绝交，不要破坏了好不容易建立起来的齐楚联盟……可楚怀王那时已经不信任屈原了，无论屈原说什么，他都听不进去。

周赧王二年（公元前 313 年），也就是楚怀王十六年，楚国内部出现不和，因为奸臣不断地进谗言，导致楚怀王对屈原越看越不顺眼，把屈原驱逐出了京城，让屈原不得再参政议政。屈原只好离开京城郢都，流浪于汉北（位于楚地汉水北部一带）。

屈原一直怀着“美政”的政治理想，希望贤明的君王和贤臣能团结一致，振兴楚国。为施行“美政”，屈原一次次向楚王进谏。

可是，屈原未能如愿。

楚怀王不采纳屈原的建议，冷落他；朝廷中的一些官员更是讥讽、诽谤、排挤他。据说就在那时，屈原写下了《九章·惜诵》。

在《惜诵》中，屈原以痛惜的心情，叙述了自己因直言进谏而遭到谗言陷害，被楚怀王冷落疏远的往事。

他写道：

“吾闻作忠以造怨兮，忽谓之过言。

九折臂而成医兮，吾至今而知其信然。”

我听人说对君王忠心耿耿会招来小人的怨恨，那时我认为这说法太过分了。

正如那手臂多次折伤而久病成医的人，时至今日，我才体会到这说法是可信的。

面对不听自己忠告的楚怀王和那些排挤自己的大臣，屈原感到悲

《惜诵》

选自《钦定补绘萧云从离骚全图》。《惜诵》是《九章》的第一篇，叙述了屈原在政治上遭受打击的始末，以及他对待现实所持的态度，基本内容与《离骚》前半篇大致相似，故有『小离骚』之称。在《惜诵》中，屈原发挥了丰富的想象，虚构了一个由五方天帝、山川诸神、古代正义法官共同组成的虚幻法庭，在对这虚构的法庭倾诉自己苦闷的同时，又虚构了一个厉神，让他来给自己劝告和回答。这样的写法，使《惜诵》这篇作品呈现出一幅虚无缥缈的景象，洋溢着浓郁的浪漫主义色彩。

愤。世间混沌不堪，君王不辨忠奸，臣子黑白不分，没有一个地方可以说理。他恨不得请来天上的神仙为他主持公道，还他一个清白。

他在《惜诵》这首诗中发挥了丰富的想象，虚构了一个由五方天帝、山神、古代正义法官共同组成的虚幻法庭，他在诗中对着这虚构的法庭倾诉自己的苦闷。

屈原借助诗句悲愤地呐喊道：

"惜诵以致愍（mǐn，忧患）兮，发愤以抒情。

所作忠而言之兮，指苍天以为正。

令五帝以枏中兮，戒六神与向服。

俾（bǐ，使）山川以备御兮，命咎繇（gāo yáo，古代贤臣、法官）使听直……"

这些诗句的意思是：

我因为直言进谏招来不幸，我要倾诉我的委屈和怨愤。

我的进言都是出自忠心啊，我愿意请苍天来为我作证。

我真想请出古代的五帝来为我主持公道啊，我愿意面对六神的对质把原委说清。

我真想请出名山大川之神都来做陪审啊，我真想请出古代最正直严厉的法官来听取是非曲直！

屈原还在诗中虚构了一个厉神，屈原向"厉神"发问，"厉神"做出了回答。屈原写道：

"吾使厉神占之兮，曰：'有志极而无旁。'

终危独以离异兮？

曰：‘君可思而不可恃。故众口其铄金兮，初若是而逢殆。惩于羹（gēng，指浓汤）者而吹齑（jī，指经腌制、切碎的凉菜）兮，何不变此志也？欲释阶而登天兮，犹有曩（nǎng，向，以往）之态也。众骇遽（jù，惊惧、慌张）以离心兮，又何以为此伴也？同极而异路兮，又何以为此援也？晋申生之孝子兮，父信谗而不好。行婞（xìng，刚直）直而不豫兮，鲧（gǔn，指传说中大禹的父亲）功用而不就。’”

这些诗句描绘的是屈原和厉神的对话。

屈原请厉神帮忙占卜。厉神占卜后，对屈原说：“你胸怀大志，只可惜得不到君主的信任，无人助你实现你的志向。”

甲骨文

长9.45厘米，最宽6.25厘米。正面刻有问卦内容，共18个字。从其中二二卜序中推断，应为一事二卜。

屈原问道:“难道我就注定被孤立，一直这样被君主疏远下去？”

厉神回答说：“你可以为君主考虑，但君主却难以成为你的依靠。那些诬陷你的人会在君主耳旁不断地诋毁你，那些众口一词的话连金属都能融化，君主当然会听信他们。当初你正是因此才被君主冷落。你要吸取教训啊，那被热汤烫过的人见到凉菜也会谨慎地吹一吹，你为什么不学学那样的人，也谨慎一些，把你的个性改一改呢？想登天还是需要依靠梯子啊，你想实现理想，可你的处世态度却一如既往的刚直。那些大臣害怕你的刚直性格，又怎敢与你为伍呢？他们即便和你有着同样的目的，也只会各走各的路，你怎能得到他们的理解和支持？春秋时期，晋国的太子申生，本来是个孝子，一心忠于他的父亲晋献公，可是晋献公却听信谗言，逼得申生自杀身亡。传说大禹的父亲鲧是个很有能力的人，可是鲧却因为过于刚直，不能随机应变，导致他治水的功业一直未能实现。”

在现实中被愁苦笼罩的屈原，用诗句展开了和厉神的对话。他借这些问答，自我劝慰，自我开导，自我反思。这样新奇的写法，充满了奇异的想象力，使《惜诵》这篇作品充满新意。

人间苦闷的人与虚构想象中的神在诗中一问一答，让人不禁感慨万千。屈原的悲愤在这首诗中表现得淋漓尽致，他试图寻找解决困境的办法，他渴望得到理解，他需要被公正对待，然而现实却是那样残酷。

战国时期，秦国为了离间齐、楚两国，派张仪入楚游说楚怀王。张仪欺骗楚怀王说，只要楚国与齐国绝交，秦王会割地六百里献给楚怀王。

楚怀王不顾屈原等忠臣的阻止，与齐国绝交了。但他却上了秦国和张仪的当，没能得到秦国许诺的六百里土地。

上当受骗后的楚怀王，两次发兵攻打秦国都吃了败仗。楚怀王意识到必须与齐国再次结成联盟，否则楚国将难以取胜秦国。

楚怀王又想起了屈原。那时的屈原已被楚怀王冷落了许久，正在汉北流浪。当楚怀王提出派屈原再出使齐国时，屈原立即放下个人恩怨，去齐国促成齐、楚两国再次结盟。

当屈原出使齐国回到楚国后，楚怀王并没有再重用他。随后的几年，屈原就在京城郢都开坛讲学，致力于教育。

周赧王十一年（公元前 304 年），楚怀王迫于秦国的压力，又与秦国结盟了。屈原一直主张楚国与齐国结盟，不要和秦国走得太近，可楚怀王一意孤行。秦、楚两国在恩怨交织之余又结成盟国后，由于楚怀王与屈原政见不合，屈原又一次被迫离开京城，去了汉北。

在汉北时，孤独的屈原写下了《九章·抽思》。

在这首诗中，屈原回忆了自己辅佐楚怀王，却遭到谗言陷害，以至于被疏远的遭遇。他把感伤的思绪像抽丝一般拉扯出来，放进了诗句里。他写道：

“心郁郁之忧思兮，独永叹乎增伤。
思蹇（jiǎn）产之不释兮，曼遭夜之方长。
悲秋风之动容兮，何回极之浮浮？
数惟荪（sūn，香草名）之多怒兮，伤余心之忧忧……”

屈原心中充满了忧愁，他在孤独中不断地叹气，悲伤与日俱增。

许多个夜晚，他辗转反侧，久久不能平静。他回忆自己在朝中辅佐楚怀王的经历，不断地反思，却想不明白，自己忠心耿耿，为什么会落到被君主驱逐、不能参政的境地。

他感到正如秋风使万物萧条那样，每当他一想起楚怀王的怒容，就禁不住生出万千愁绪。

明代　陈洪绶绘《痛饮读骚图》

图中画了两位高士对坐在石桌前，边饮酒边高谈阔论，桌上摆着饮酒用的壶、碗和书籍（应该是屈原的《离骚》）。两人好像读有所得，在讨论书中的内容，或有疑问或有反驳，表现了当时的儒者学士对《离骚》的看重和推崇，更是借当时明末后期昏庸的官场抒发自己抑郁已久的情感。『国无人莫我知兮，又何怀乎故都！既莫足与为美政兮，吾将从彭咸之所居。』屈原的呐喊亦是明末许多知识分子内心深处的呐喊，陈洪绶把这些用画笔全部表现出来，可以感受到他高贵的气节和不屈的意志。

明代　陈洪绶绘《饮酒骚图》

与《痛饮读骚图》题材相类似，都是边饮酒边品摩屈原的《离骚》，画家借画表达自己的内心世界，也显示了《离骚》在后世文人墨客心中的地位。

宋代 梁楷绘《东篱高士图》轴

图中的高士手持菊花，身披梅花鹿皮，正曳杖而行。

忧伤的屈原在孤独中无人倾诉，无法排解忧思，只得把那些愁绪都写成了辞赋，把叹息与悲戚都放进了诗句里。

“既茕（qióng，孤独）独而不群兮，又无良媒在其侧。
道卓远而日忘兮，原自申而不得。
望北山而流涕兮，临流水而太息。
望孟夏之短夜兮，何晦明之若岁。
惟郢路之辽远兮，魂一夕而九逝……”

身处偏僻的汉北，孤独的屈原无人陪伴，他感到自己已经被楚怀王遗弃了，人们会渐渐地忘记他，他即便想自我申辩都找不到渠道。

他曾望着北山默默地流泪，对着流水一声声地哀叹。短暂的夏夜似乎变得那么漫长，一夜长得就像一年那样难挨。

他不断地在夜里思念楚国的都城郢都，隔着遥远的距离，要经过漫漫长途才能抵达的郢都，反复出现在他的梦里。

一想起遥远的郢都，他就心神不安，好像一夜之间，魂魄就要飞逝许多次那样，让他痛苦不堪。

郢（yǐng）都，是春秋战国时期楚国的国都。

公元前 278 年，秦军攻占了楚国的国都郢都。楚国国都沦陷，楚国百姓流离失所。楚顷襄王慌不择路地带领大臣们退守到了陈（今河南省淮阳县），楚国大势已去，再无回天之力。

国都沦丧后，楚国灾民迁徙的场景，与屈原流放时离开故土时的难舍心情都在《哀郢》这首诗中重现。

“皇天之不纯命兮，何百姓之震愆（qiān，罪过）。

民离散而相失兮，方仲春而东迁。

去故乡而就远兮，遵江夏以流亡。

出国门而轸（zhěn，痛）怀兮，甲之鼂（zhāo，早晨）吾以行。

发郢都而去闾（lǘ，乡里）兮，荒忽其焉极。

楫（jí，船桨）齐扬以容与兮，哀见君而不再得。

望长楸（qiū，树名）而太息兮，涕淫淫其若霰（xiàn，雪粒、冰粒）……"

上天为什么不怜悯苍生啊，让无辜百姓这么遭罪。

妻离子散，流离失所，迫使他们在仲春时离家东迁。

离开故乡奔向远方，沿着江夏去流亡。

悲伤地走出国门，一大早就开始赶路前行。

从郢都出发，离开故里，又该往何处去？

船夫们划动船桨开始起航，人们从此与国都别离，再也见不到君王。

望着江边高大的楸树连声叹息啊，眼泪簌簌地滚落，如同落下的冰珠、雪粒。

"凌阳侯（泛指波涛）之氾滥兮，忽翱翔之焉薄？

心絓（guà，牵挂）结而不解兮，思蹇产（jiǎn chǎn，指艰难困顿）而不释。

将运舟而下浮兮，上洞庭而下江。

去终古之所居兮，今逍遥而来东。

羌灵魂之欲归兮，何须臾而忘反？"

随着江上的波浪颠沛流离啊，如同翱翔的鸟儿不知在何处栖息。

心中的牵挂难以疏解，愁思烦绪难以释然。

泛舟而下继续航行，入洞庭又下长江。

离开世代所居的故土啊，现在已漂泊漫游到了东方。

灵魂想要回归故里啊，返乡的念头时时刻刻在心头萦绕。

“惟郢路之辽远兮，江与夏之不可涉。

忽若不信兮，至今九年而不复。

惨郁郁而不通兮，蹇（jiǎn，困苦）侘傺（chà chì，失意）而含戚（qī，忧愁）。

《悲郢》

选自《钦定补绘萧云从离骚全图》。诗篇真实地记叙了郢都沦陷后，楚国百姓流亡的悲惨情景，表达了诗人在故都沦丧时的沉痛，抒发了诗人热爱楚国、眷念故乡、同情楚国人民的深厚感情。

宋代　萧照绘《关山行旅》（局部）

图中的旅人赶着背负行囊的毛驴，在山间的木桥上行走，好像经历了一番风尘仆仆的旅途。

外承欢之汋约（chuò yuē，美好的样子）兮，谌（chén，诚然）荏（rěn，软弱）弱而难持。

忠湛湛（zhàn zhàn，厚重，深切）而愿进兮，妒被离而鄣（zhāng，阻隔）之……”

回郢都去的路又远又长，长江和夏水是那样难以渡过。

君王对我失去信任，至今我已九年没能回去。

远离故土，在孤独中愁肠百结，忧伤失意。

那些看上去奉承迎合、讨君王欢心的人，实际上是软弱而难以依靠的。

那些忠心报效国君的人，却因小人的嫉妒遭到屏蔽……

在《哀郢》的结尾，诗人禁不住对郢都的思念，发出了想再回郢都的祈愿，他写道：

宋代 李唐绘《风雨归舟图》（局部）

"鸟飞反故乡兮，狐死必首丘。

信非吾罪而弃逐兮，何日夜而忘之！"

鸟儿无论飞得多远，也总会返回故乡；狐狸哪怕死在野外，也会在死前把头朝向故乡。

我不是因为真有罪才被放逐啊，我日夜思念故土，时时刻刻都不曾忘记故乡！

《哀郢》这首诗，哀悼楚国郢都的沦丧，抒发对故都的痛惜与眷念，诗歌凄婉悲切，充满了浓浓的思乡之情。

悲怆的绝命词《九章·怀沙》

公元前 278 年，秦军攻占了楚国都城郢都，楚顷襄王与群臣弃城而逃，退守到陈，把陈地改作楚国的都城。随后，楚国集中兵力与秦国交战，但因国力与兵力的衰败，楚国大势已去，到了亡国的边缘。

据史料记载，就在这一年，屈原感到楚国已经濒临灭亡，他绝望地写下了他的绝命词《怀沙》。

《怀沙》开篇写道：

“滔滔孟夏兮，草木莽莽。

伤怀永哀兮，汩徂（yù cú，快速行走）南土。

眴（xuàn，看）兮杳杳（昏暗、幽深的意思），孔静幽默。

郁结纡轸（yū zhěn，这里指委屈、隐痛）兮，离慜（mǐn，忧患、病痛）而长鞠（jū，穷困）。”

和暖的孟夏时节，草木茂盛。
遏制不住地感到悲伤啊，我快步行走于南方的大地。
眼前一片迷茫啊，耳边安静得没有一丝声响。
心中郁结着委屈和痛苦啊，无法走出困顿和忧伤。

“抚情效志兮，冤屈而自抑。

刓（wán，削，雕琢）方以为圜（yuán，圆）兮，常度未替。

易初本迪兮，君子所鄙。

章画志墨兮，前图未改。

内厚质正兮，大人所盛……”

不断地反省自身啊，抑制内心的冤屈。
坚持方正的原则啊，至今没有变得圆滑。
放弃自身的操守，是君子所不齿的。
不管如何修整描绘，我曾经的意愿依旧没有更改。
内心敦厚、品行端正啊，才是道德高尚的君子的追求……
屈原在《怀沙》这首诗中，既检视自身，也探寻楚国从强盛

《鸡骛翔舞》

选自《钦定补绘萧云从离骚全图》。《怀沙》中有云：『凤皇在笯兮，鸡骛翔舞。同糅玉石兮，一概而相量。』这几句诗的意思是：凤凰被人关进了鸟笼里，鸡鸭却被人吹捧得满天飞舞。本诗是屈原临终前所作，描述了屈原遭遇的不幸，抒发了诗人的理想抱负，表达了他想以自杀来最后震撼民心、激励君主、唤起楚国百姓和国君觉醒的誓愿，这首诗是他临终前的悲歌。

《楚怀王合纵伐秦》

选自《新镌陈眉公先生批评〈列国志〉传》。『合纵』『连横』都是战国时期的谋略，《韩非子》中有：『纵者，合众弱以攻一强也；横者，事一强以攻众弱也。』古时南北朝向为纵，东西朝向为横。联合南北纵列的国家一同对付强国，即为『合纵』，『合纵』要对付的强国不一定是秦国，也有可能是齐国。『连横』则专指山东六国与秦国的联合。『合纵』『连横』的本质都是战国时期各个国家为拉拢他国而进行的外交、军事斗争。楚怀王担任合纵长的第一次『合纵』发生于公元前318年，楚国联合韩国、赵国、魏国、燕国一起攻打秦国，被挡在函谷关外，后因合纵联盟内讧分裂而被秦军反攻，第一次『合纵』宣告失败。

《介子推守志焚绵上》

选自《新镌陈眉公先生批评〈列国志〉传》。晋文公归国后封赏臣子，忘了封赏介子推，有人为介子推抱不平，写了一首诗挂到城门口。晋文公看到诗后愧疚不已，但介子推已经带着母亲归隐到绵山（地处汾河之阴），晋文公就把绵山之地封给介子推，并改名『介山』。民间传说，晋文公亲自去绵山寻找介子推，但他始终避而不出。于是，晋文公下令焚山，想逼介子推出山，可介子推却抱着一棵柳树被烧死了。晋文公非常伤心，用一截烧焦的柳木做了一双木屐，每天望着它说：『悲哉足下』。又传，晋文公为了哀悼介子推，下令三月五日禁止烟火，仅食寒食，为火禁日，这就是寒食节的起源。

《介子推割股啖君》

选自《新镌陈眉公先生批评〈列国志〉传》。介子推是晋文公重耳的大臣。晋献公的宠姬骊姬想让自己的儿子继承王位，就设计陷害太子申生、公子重耳和夷吾，介子推跟着重耳外逃。重耳饿得走不动路。介子推为了给重耳充饥，割下了自己大腿上的肉给他煮汤喝。重耳知道后非常感动，声称如果他做了晋国的君主，一定会好好报答介子推。晋公子重耳出逃19年后，回到晋国，成了晋国的国君，即晋文公。

宋代　李唐《晋文公复国图》

美国大都会博物馆藏。该画卷描述了一个经典的王朝复兴的故事，全图采用连环绘图的形式，晋文公的形象多次出现，每段都配有树石、车马和房屋，另有宋高宗手书的《左传》中的有关章节，即东周时期晋国公子重耳的故事。公元前656年，晋国陷入内争，重耳遭流放，始奔狄（今山西西部），十二年后，借道魏国，到达位于今山东的齐国。七年后的公元前637年，重耳一路向西、向南，途经赵国、宋国、郑国和楚国（位于长江流域谷地），折返北行，再一年，重返晋国，当上晋国国君，是为晋文公，并很快成为春秋五霸之一。晋文公的故事是『王朝复兴』的绝佳范例，也很像屈原这个忠诚的士大夫对楚国的期待，也希望楚国能够从衰败走向复兴。

走向衰败的症结。他写道：

“玄文处幽兮，矇瞍（méng sǒu，这里指视力不好的人）谓之不章。

离娄微睇（dì，斜着眼看）兮，瞽（gǔ，盲人）以为无明。

变白以为黑兮，倒上以为下。

凤皇在笯（nú，竹笼）兮，鸡鹜翔舞。

同糅（róu，混杂）玉石兮，一概而相量。

夫惟党人鄙固兮，羌不知余之所臧（cáng，善，好）。

任重载盛兮，陷滞而不济。

怀瑾握瑜兮，穷不知所示。”

有着精美织纹的黑色布帛，被放在黑暗中，视力不好的人就会说那布帛上没有花纹。

当视力超强的高人离娄微斜着眼睛洞察一切时，盲人也会跟着人们一起说斜着眼的离娄视物不清。

这世道黑白不分啊，上下颠倒。

凤凰被关进鸡笼里，鸡鸭却在天上飞舞翱翔。

美玉被扔进石头堆里，美玉的价值被当作石头来衡量。

那些喜欢嫉妒的卑鄙之人啊，他们根本就理解不了我所崇尚的善与美好。

深感任重道远啊，却郁郁不得志而停滞不前。

手握珍宝、怀揣美玉啊，却不知道该拿出来给谁展示！

屈原认为黑白不分、忠奸不辨是楚国走向衰败的原因之一。

他感慨楚国的昏暗现实，因自己国家的衰败和覆灭，感到绝望。

“进路北次兮，日昧昧（mèi mèi，昏暗）其将暮。
舒忧娱哀兮，限之以大故。”

上路北行吧，阳光已经变得昏暗，暮色将至。放下忧愁，抚平哀伤吧，我的生命已经走到了尽头。

在《怀沙》的结尾，屈原写道：

“知死不可让，愿勿爱兮。
明告君子，吾将以为类兮。”

屈原决定以死明志，以死殉国，他在《怀沙》的结尾明确地发出了决定赴死的告白：“既然知道死亡是不可避免的，那么我就不必再吝惜我的身体了。我要昭告天下的君子，我将以君子、圣贤为榜样。”

写下这首绝命词后不久，楚顷襄王二十一年（公元前 278 年）农历五月五日，屈原跳入汨（mì）罗江，结束了自己的生命。

九歌

奏《九歌》而舞《韶》兮，

聊假日以媮乐

欢快的《九歌·东皇太一》

《九歌》是《楚辞》中的重要篇章，是屈原艺术成就最高的一组诗篇。《九歌》中收录了《东皇太一》《云中君》《湘君》《湘夫人》《大司命》《少司命》《东君》《河伯》《山鬼》《国殇》《礼魂》等 11 首诗歌，这些诗歌涉及很多神话传说和楚地巫文化元素，诗中出现了很多特色各异的神鬼形象，同时描绘了古代宗教祭祀的场景。

古代的楚人信奉和祭祀多种神灵，他们除了祭祀天帝，还祭祀云神、太阳神、河神、山神、地神及主宰人寿命的神、主宰人

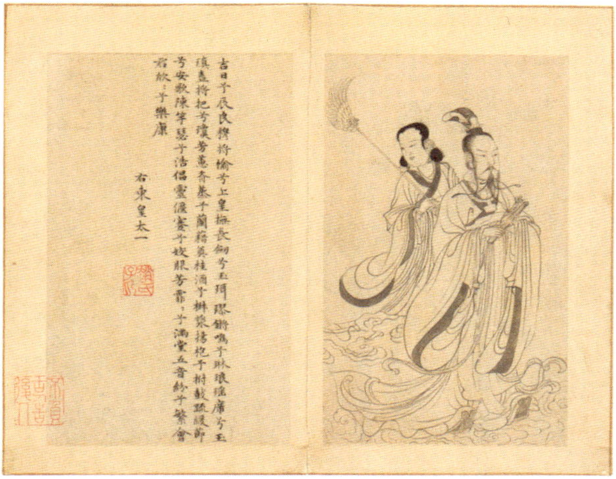

东皇太一

选自元代佚名《仿赵孟頫九歌图册》。东皇太一是中国古代楚地传说中的神祇，是战国时期楚国（今湖北、湖南、江西等南方区域）百姓信仰和祭祀的天神。此篇《九歌·东皇太一》描述的是楚地人民对天神『东皇太一』的颂歌和祭祀场景，是『屈赋』中最为隆重的一篇，对整个宏大的祭礼进行了完整描写。古代以东方为贵，因此『东皇』不是姓氏，而是为了显示其尊贵程度。

子嗣的神。

据说，《九歌》原是在民间流传的楚地古代祭祀乐歌，屈原将其加工、改编成了《楚辞》中的诗歌。这些诗篇向不同的神灵献唱，唱词以诗句的形式描绘山川美景，讲述神话故事和历史传说，赞颂神灵的功德，也歌颂了楚国先祖和楚国将士、英雄的功绩。

《东皇太一》是《九歌》中的第一篇。这首诗歌是专门祭祀地位最高的天神“东皇太一”的乐歌。

“吉日兮辰良，
穆将愉兮上皇。
抚长剑兮玉珥（ěr，剑柄上端像两耳的突出部分），
璆（qiú，美玉）锵鸣兮琳琅（lín láng，精美的玉石）。”

东皇太一

选自宋代李公麟绘《九歌图》。《东皇太一》是专门祭祀地位最高的天神『东皇太一』的乐歌：『吉日兮辰良，穆将愉兮上皇。抚长剑兮玉珥（ěr，剑柄上端像两耳的突出部分），璆（qiú，美玉）锵鸣兮琳琅（lín láng，精美的玉石）。瑶（yáo，美玉）席兮玉瑱（zhèn，镇压座席的玉器），盍（hé，通「合」，会集）将把兮琼芳。蕙肴蒸兮兰藉，奠桂酒兮椒浆。扬枹（fú，指鼓槌）兮拊（fǔ，敲）鼓，疏缓节兮安歌，陈竽瑟兮浩倡。灵偃蹇（yǎn jiǎn，指舞姿曼妙）兮姣服（指华丽的服饰），芳菲菲兮满堂；五音纷兮繁会，君欣欣兮乐康。』

祭祀前，人们会斋戒沐浴，在东皇太一的神位前摆放好敬献的祭品。

祭祀选在一个良辰吉日进行，主持祭祀的巫师将穿戴上祭祀时才穿戴的华美服饰，并按照仪式的要求带剑佩玉。

巫师手持镶着玉的长剑翩翩起舞，衣服上挂满美玉做的叮当作响的饰品，口中念念有词地唱着献给东皇太一的歌。当巫师持剑歌唱舞蹈时，衣服上的玉佩彼此相撞，随着巫师的舞步，发出铿锵作响、有节奏的好听的声音。

“瑶（yáo，美玉）席兮玉瑱（zhèn，镇压座席的玉器），盍（hé，通‘合’，会集）将把兮琼芳。

蕙肴蒸兮兰藉，奠桂酒兮椒浆。”

祭祀时，还铺有神席，供有香草。在美玉般的席子边上，压着美玉来镇席。

在席子上，摆满了献给神的美食，也摆满了芬芳四溢的桂椒特制的美酒。

“扬枹（fú，指鼓槌）兮拊（fǔ，敲）鼓，疏缓节兮安歌，陈竽瑟兮浩倡。

灵偃蹇（yǎn jiǎn，指舞姿曼妙）兮姣服（指美丽的服饰），芳菲菲兮满堂；

五音纷兮繁会，君欣欣兮乐康。”

战国 瓦纹豆盖

圆口、兽首衔环耳、三足。腹饰瓦纹，足饰立姿兽形。是用来盛放肉酱、腌菜等调味品的食器，也是祭祀中的一种礼器。

战国　嵌松绿石金属丝牺尊

牺尊高28.5厘米，重5.21公斤。此器物器表局部嵌金银松绿石牺尊，整体作动物造型，全器以金属丝镶嵌勾连云雷纹，以绿松石镶嵌眉毛，颈部为贝纹项圈，背部开孔以纳酒，口部有流以倾酒。牺尊整体浑圆、细致而生动，像一尊神兽。古代盛酒的礼器一共有六尊：牺尊、象尊、箸尊、壶尊、大尊和山尊。这类动物造型的容器可能即《周礼·司尊彝》所记载的牺尊一类器物，反映出当时礼制的要求。

高举鼓槌敲响乐鼓，缓慢的节奏，祥和的歌唱，竽瑟齐鸣，歌声浩荡。

巫师穿着亮丽的华服，曼妙地挥剑歌唱、舞蹈，风中飘荡着美酒美食和香草的香味，人们虔敬地祭拜东皇太一，以多彩的乐歌赞美这至高无上的神，期待东皇太一能降临人间，给予他们幸福、安康的庇护。

人们在巫师的带领下，或朝着天空，或俯向大地，虔敬地唱着。

当庄严、欢快的乐歌飘向云端，人们认为那高高在上的东皇太一必定会听见，且能领受他们祭拜的心意了。

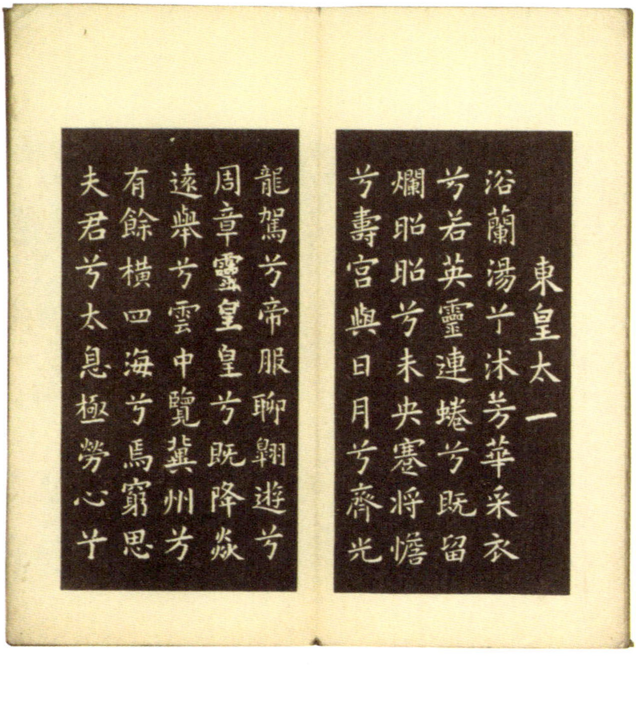

《东皇太一》石刻拓本

选自欧阳询《欧阳率更九歌残石》。清嘉庆二十三年河北丰润县出土宋石刻本，重出土时石已残缺，《九歌》残存六歌，末有周越题记，千字文残存77行。

《云中君》是《九歌》中较短的一首诗，是在祭祀中献唱给云神“云中君”的乐歌。

关于“云中君”的传说，有多个版本。有的说“云中君”是男性形象的云神，有的说“云中君”是雷神。在有的传说中，云中君的名字叫丰隆，又在有的传说中，云中君的名字叫屏翳（píng yì）。

在《楚辞》中的《九歌·云中君》里，云中君是一位出现在云朵中间的神，人们在祭祀的时候唱祭歌《云中君》来祭祀这位云中之神。人们通过祭祀向云中君献唱，祈求在高天上云端中掌管云、雨、雷、电的神灵能护佑人们风调雨顺。

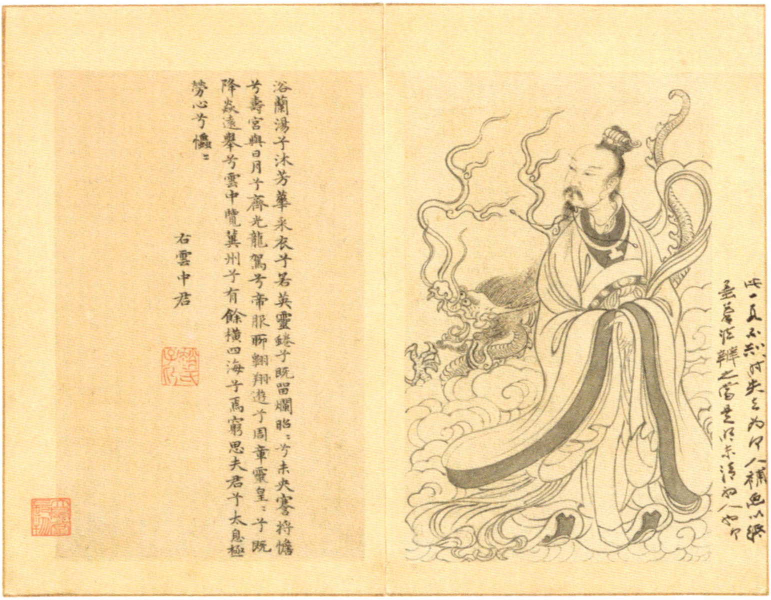

云中君

选自元代佚名《仿赵孟頫九歌图册》。云中君是云中之神，相传是一位男性，在神话中云神的名字叫『丰隆』，也叫『屏翳』。诗中对云的流动飘忽进行了生动的描写，表现百姓对云神的敬仰和思念，希望云神能给百姓带来福祉。

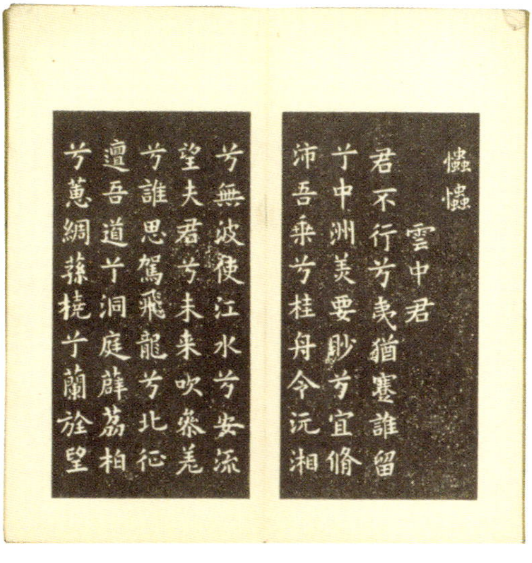

《云中君》石刻拓本

选自欧阳询《欧阳率更九歌残石》。

这些歌词描绘了祭祀云中君时的场景：

“浴兰汤兮沐芳，华采衣兮若英。

灵连蜷兮既留，烂昭昭兮未央。

謇（jiǎn，发语词）将憺（dàn，安居）兮寿宫，与日月兮齐光。”

祭祀由女巫主持，用兰花水沐浴过的女巫，周身弥漫着芬芳的气息。她身着五颜六色的彩衣，打扮得花枝招展。她展开歌喉向云中君献唱，祈求云中君降临。在翩翩起舞中，就像有神灵附在了女巫的身上，她舞姿婀娜，周身闪闪发光。

“龙驾兮虎服，聊翱游兮周章。

灵皇皇兮既降，猋（biāo，疾速）远举兮云中。

云中君

选自宋代李公麟绘《九歌图》。

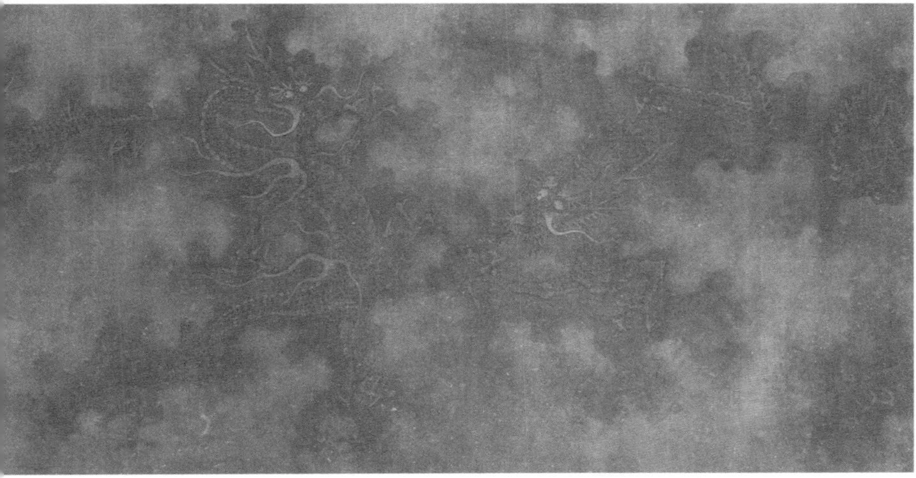

陈默《龙图》

龙是中国独特的文化图腾，关于龙的文化审美从古至今一直延续在我们生活的方方面面。龙的各部位都有特定的寓意：突起的前额表示聪明智慧；鹿角表示社稷和长寿；牛耳寓意名列魁首；虎眼表现威严；魔爪表现勇猛；剑眉象征英武；狮鼻复象征宝贵；金鱼尾象征灵活；马齿象征勤劳和善良等。龙，亦象征着皇权，意义非凡，因此《云中君》中有云：『龙驾兮虎服，聊翱游兮周章。』说的是云中君的降临是着帝服驾龙车而来，彰显了云中君显贵的身份和威武的仪态。

宋代　李公麟绘《为霖图》

古代的人都信奉神灵，相信天上有神灵护佑，百姓每年都会祈求新的一年风调雨顺、国泰民安。此图绘的是一人乘龙从天而降，上方并有雷、风、云、雨诸神伴随，应当是祈雨降福的情形。此图内容与《云中君》相似，都是百姓向天神祈求福祉、风雨顺遂。

览冀州兮有余，横四海兮焉穷。”

在女巫的歌唱中，人们仿佛看见了云中君的降临，能想象出面容恬静的云中君在宫殿里已听到人间的献唱。他像太阳和月亮一样光彩夺目。他穿着与天帝一样的五彩神衣，乘坐着龙驾的车，离开神殿，飞驰而来。

女巫唱道：光彩夺目的云中君正在云中疾驰啊，他像旋风和闪电一样降临。他俯瞰冀州，又把目光投向九州之外啊，他乘着龙驾的车在四海纵横遨游。

女巫所唱的云中君的神采让人们为之倾倒，人们虔诚地仰望着云端之上的天空，希望云中君能赐福于人间。

“思夫君兮太息，极劳心兮忡忡。”

当祭祀接近尾声，女巫唱词中的云中君离开人间重回天庭时，参加祭祀的人禁不住依依不舍地发出叹息声，对云中君的想念和渴盼，使人们不禁生出忧伤的愁绪来。

《云中君》这首短诗，只有 14 句。这首精美的小诗把天空中云朵灵动莫测的形态描摹得栩栩如生，把云神的形象描绘得光彩夺目。云神降临，俯瞰冀州、纵横四海的气势浓缩于一首短诗中，带给人们无限的遐想。

神秘的《九歌·大司命》

在我国古代传说中，有专门掌管人寿命的神，被称作“大司命”。

对长命百岁的渴望，对死亡的恐惧，使人们分外敬畏主宰人寿命的大司命神。

祭祀的时候，人们会唱起《九歌·大司命》这首祭歌来祭拜大司命，祈求掌握着生死大权的大司命能保佑人们健康长寿。

在《九歌·大司命》中，屈原以诗句描绘出了大司命的形象。大司命在空中驾云遨游，他掌管着下界九州百姓的生死。谁能长寿，谁会死亡，全由大司命来决定。

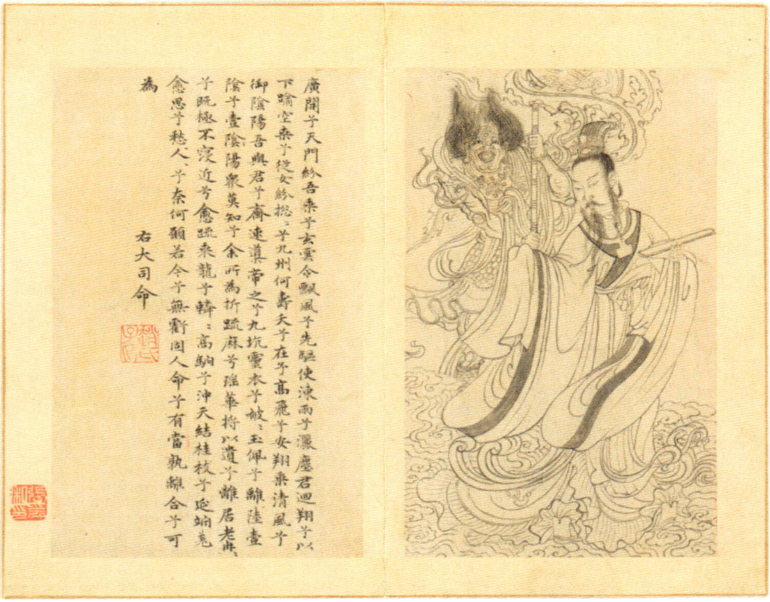

大司命

选自元代佚名《仿赵孟頫九歌图册》。这是屈原作的祭大司命之神的歌舞辞，大司命之神是掌管人间寿命的寿夭之神。整篇诗文描绘了大司命威严、神秘、忠诚且善辨是非、握有生杀大权的形象。也反映了当时人们对大司命之神的敬畏之心。

“广开兮天门，纷吾乘兮玄云。

令飘风兮先驱，使涷（dòng，暴雨）雨兮洒尘。”

大司命住在天宫里，当他从宫中出来时，天门洞开，黑云滚滚。威严的大司命驾着乌云，命令一阵接一阵的旋风在前面为他开路，命令暴雨倾盆而下，为他洒洗沿途的尘埃。

少司命

宋代　李公麟绘《九歌图·大司命》

《史记·天官书》：『斗魁戴匡六星，曰文昌宫：一曰上将，二曰次将，三曰贵相，四曰司命。』大司命为掌管人生死离合寿命之神，画中形象为拄杖长髯老者，正俯身安抚苍龙。

宋代　缂丝《桂枝双喜图》轴

在《九歌·大司命》中，大司命掌握着人类的生死大权，可以保佑人们健康长寿。图中的双喜即为喜鹊，是吉祥的象征；喜鹊站在桂枝上，象征着收获与胜利。

旋风、乌云与暴雨跟随着大司命，使大司命每一次出现，都让人们感到格外的神秘、紧张。

“灵衣兮被被，玉佩兮陆离。
壹阴兮壹阳，众莫知兮余所为。”

大司命穿着宽大修长的神衣，身上佩戴着五光十色的玉佩。他神秘莫测，时而呈现出阴沉的肃杀之气，时而又呈现出光明和仁慈的模样。他在云中若隐若现，变化无常，使凡人无法了解高高在上的大司命到底会做些什么。

生死都掌握在大司命的手中，人们渴望得到大司命的护佑，却无法亲近他。

“君回翔兮以下，逾空桑（古代传说中的地名）兮从女（rǔ，汝，你）。
折疏麻兮瑶华，将以遗兮离居。
老冉冉兮既极，不寖（jìn，同‘浸’）近兮愈疏。
乘龙兮辚辚（lín lín，车行的声音），高驼（chí，同‘驰’）兮冲天。
结桂枝兮延伫，羌（qiāng，句首文言助词）愈思兮愁人。
愁人兮奈何，愿若今兮无亏。
固人命兮有当，孰离合兮可为？”

大司命在空中驾云盘旋，主持祭祀的女巫越过空桑紧紧地跟

明代　张翀绘《蓬山遇辇》轴

图中讲述的是东汉刘晨与阮肇入天台山采药遇二仙女的故事。而在《九歌・大司命》中，当祭祀的女巫去仙境花圃中采来神麻和仙花，赠送给大司命做离别的礼物，想以此亲近、取悦大司命时，大司命已经驾起龙车冲向高空，女巫的耳边只留下隆隆的车声。祭祀的女巫只好手握一把桂树枝，目送着大司命离去。她的心中充满了惆怅，希望大司命不要因为这一次祭祀中的礼数不周而怪罪自己。

随着大司命。

当祭祀的女巫去仙境花圃中采来神麻和仙花，赠送给大司命做离别的礼物，想以此亲近、取悦大司命时，大司命已经驾起龙车冲向高空，女巫的耳边只留下隆隆的车声。

祭祀的女巫只好手握一把桂树枝，目送着大司命离去。她的心中充满了惆怅，希望大司命不要因为这一次祭祀中的礼数不周而怪罪自己。

女巫感到大司命忠于职守、威严而难以亲近，她不由得叹息道，人的命运自有其定数，长寿的总该长寿，寿限到时，该死亡的也必定会死亡。生老病死的事，不是人与神的离合可以决定的啊！

温婉的《九歌·少司命》

“少司命”是出现在《九歌》中的一位女神，她掌管人间子嗣，护佑百姓的子孙后代，主宰着少儿们的命运，所以被称作“少司命”。

中国古人有很浓的家族观念，十分重视“传宗接代”，自然不敢怠慢“少司命”。他们祭拜这位女神，怀着对后辈子孙的美好祝愿，为儿孙向“少司命”祈福。

《九歌·少司命》是《楚辞》中向“少司命”献唱的祭歌，被看作《九歌·大司命》的姊妹篇。

《九歌·少司命》是一首温婉的诗，诗中的少司命有着温柔、慈爱的母性形象，她不像大司命那位男神那样冷酷严肃。大司命

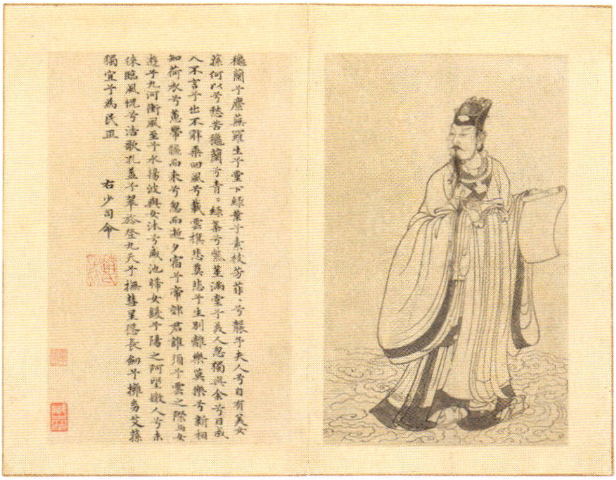

少司命

选自元代佚名《仿赵孟頫九歌图册》。《九歌·少司命》是《九歌·大司命》的姊妹篇，是古代楚人祭祀少司命的乐曲。少司命是掌管生命（即生育）的神灵。这篇诗文带有母性的独特光辉，为民间求子的妇人践行自己的使命，也反映出人们对少司命之神的爱戴和拥护之情。

一出场就伴随着黑云滚滚、暴雨倾盆的景象，美丽、温和的少司命出场时却充满了宁静与和美。

祭祀时，堂下跪着许多祈求少司命的妇人，她们或为求子，或为祈求少司命保佑子孙健康成长、无灾无病。

妇人们在男巫的带领下跪拜少司命，唱着《少司命》的祭歌，祈求少司命降临人间，为她们带来福佑。

“秋兰兮麋芜（mí wú，香草名），罗生兮堂下。
绿叶兮素枝，芳菲菲兮袭予。”

这几句诗描绘了祭拜时的场景：

秋天的兰草和香草麋芜，在堂下生长得枝繁叶茂。

绿叶衬托着白花，香气袭人。

宋代　李公麟绘《九歌图·少司命和东君》

《九歌·少司命》是《楚辞》中向『少司命』献唱的祭歌：『秋兰兮麋芜（mí wú，香草名），罗生兮堂下。绿叶兮素枝，芳菲菲兮袭予。夫人自有兮美子，荪（sūn，一种香草）何以兮愁苦！秋兰兮青青，绿叶兮紫茎。满堂兮美人，忽独与余兮目成。入不言兮出不辞，乘回风兮载云旗。悲莫悲兮生别离，乐莫乐兮新相知。荷衣兮蕙带，儵（shū，迅疾的样子）而来兮忽而逝。夕宿兮帝郊，君谁须兮云之际？与女游兮九河，冲风至兮水扬波。与女沐兮咸池，晞（xī，晒干）女发兮阳之阿。望美人兮未来，临风怳（huǎng，指神情恍惚）兮浩歌。孔盖兮翠旍（jīng，同「旌」，指旌旗），登九天兮抚彗星。竦（sǒng，持）长剑兮拥幼艾，荪独宜兮为民正。』

宋代 《仙岩寿鹿图》

在中国古代，鹿为祥瑞神奇的瑞兽，象征富贵吉祥，被称为「天禄」。此图由女仙与瑞鹿构成，是宋代绘画艺术中的「院体」画风。

"夫人自有兮美子，荪（sūn，一种香草）何以兮愁苦！

秋兰兮青青，绿叶兮紫茎。

满堂兮美人，忽独与余兮目成。"

这些诗句则以少司命的口吻，描绘了少司命在男巫的献唱下，降临人间为她设置的祭坛。她慈祥地望着满堂跪拜的妇人，发出感叹：

"人们自会有健美的子嗣啊，她们何故要为此忧心忡忡？

青翠的秋兰盛开着，碧绿的叶片中伸展着紫色的花茎。

满堂都是参加祭拜的美丽妇人，忽然间那些妇人都虔诚地望向我。"

妇人们向少司命投去祈求的目光，有的请求少司命能赐予她们子嗣，有的请求少司命能保佑她们的孩子。少司命环视堂下，她亲切、温和的目光给予了那些祭拜的妇人莫大的安慰。她以应允的目光扫视众人，领受着妇人们对她的祭拜，也愿意满足她们的心愿，解除她们的愁苦。

"入不言兮出不辞，乘回风兮载云旗。

悲莫悲兮生别离，乐莫乐兮新相知。

荷衣兮蕙带，儵（shū，迅疾的样子）而来兮忽而逝。"

这几句诗描绘了接受祭拜的少司命悄然而来、乘风而去的情景：

少司命来时一言不发，去时也一言不出啊。她默默地乘风而去，微风习习，云霞如旌旗招展。

清代　金星玻璃女仙

少司命与人间众生告别，为能帮助这些新结识的人而感到快乐。

她披上以香草为衣带的荷衣，就像她飘然而至时那样又飘然离去。

“夕宿兮帝郊，君谁须兮云之际？

与女游兮九河，冲风至兮水扬波。

与女沐兮咸池，晞（xī，晒干）女发兮阳之阿。

望美人兮未来，临风怳（huǎng，指神情恍惚）兮浩歌。

孔盖兮翠旌（jīng，同‘旌’，指旌旗），登九天兮抚彗星。

竦（sǒng，持）长剑兮拥幼艾，荪独宜兮为民正。”

这些诗句展现出了人们对少司命的崇拜和爱戴。

夕阳下山时住在天国的郊野中，你在云端伫立为了等谁？

想与你同在天河中畅游，突然而来的暴风在水中掀起巨浪。

想与你同在天上的咸池中沐浴，在日出的地方晾干头发。

我所盼望的美人啊没有出现，我神情恍惚，只能迎风高歌慨叹。

用孔雀的羽毛制成的车盖啊，用翠鸟的羽毛装饰的旌旗，你登上九重高天轻抚彗星。

你手拿长剑啊抱着幼儿，唯有你最适宜为百姓做主。

这些诗句描绘出美丽慈祥的少司命接受了人们的祭拜，离开祭坛，回到天宇中去。她一手拿着长剑，一手抱着幼儿，这位民间百姓子嗣的守护神正直善良，同情百姓，福佑人间，深得百姓的敬仰和爱戴。

豪放的《九歌·东君》

太阳总是从东方升起，在传说中，人们就把太阳神尊称为“东君”。《九歌·东君》是屈原的组诗《九歌》中的一篇，是祭祀太阳神“东君”的乐歌。

太阳普照大地，不仅带给天下百姓和万物以光明、温暖，还带给人们农作物的丰收。古人在祭祀的时候会满怀崇敬与感激，向太阳神献唱。

“暾（tūn，刚升起的太阳）将出兮东方，

照吾槛兮扶桑。

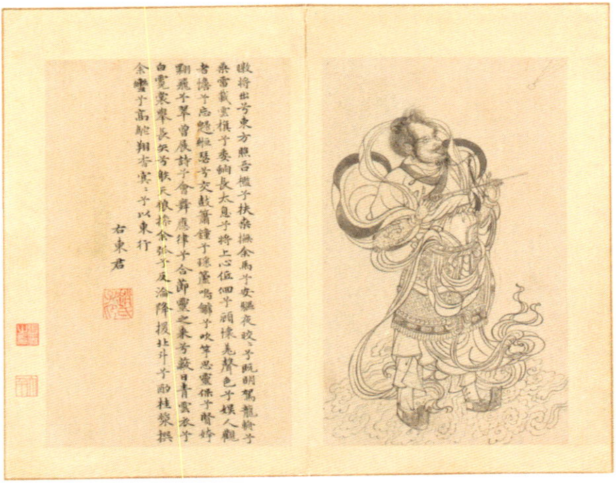

东君

选自元代佚名《仿赵孟頫九歌图册》。东君，即太阳神。这是一首歌颂太阳神的祭祀歌词，全诗写出了民众对光明之源太阳的崇拜与感恩，烘托出太阳神的尊贵、英武之感。

抚余马兮安驱，

夜皎皎兮既明。

驾龙辀（zhōu，指龙驾的车）兮乘雷，

载云旗兮委蛇。

长太息兮将上，

心低徊兮顾怀。

羌声色兮娱人，

观者憺（dàn，指安然的样子）兮忘归。”

初升的太阳将在东方出现，晨曦照耀着太阳神身旁的栏杆和神树扶桑。

太阳神驾着龙车慢慢行驶，从月色皎洁的夜晚一直走到天色明亮。

龙车的轰隆声如同雷鸣，车上的云旗随风飘扬。

太阳神徐徐飞升，不断在徘徊中回望。
美好的景色是多么怡人啊，让观看美景的人乐而忘归。

“缅（gēng，急促地弹奏）瑟兮交鼓，
箫钟兮瑶簴（jù，钟的架子）。
鸣篪（chí，古代管乐器）兮吹竽，
思灵保兮贤姱（kuā，美好）。
翾（xuān，轻飞）飞兮翠曾，
展诗兮会舞。”

这些诗句描绘出了人间祭祀太阳神的场景，人们弹奏琴瑟，敲响钟鼓，吹起篪竽，唱着献给太阳神的祭歌。

琴瑟的声音急促地响起，鼓声随之应和，
乐钟被敲响，那挂乐钟的架子也随之摇晃。
奏起篪啊吹响竽，
献唱的女巫那么娇美。
她像飞翔的翠鸟一样轻盈地舞动，
人们展开诗章齐声献唱，伴她翩翩起舞。

“应律兮合节，
灵之来兮蔽日。
青云衣兮白霓裳，
举长矢兮射天狼。
操余弧兮反沦降，

清代 堂鼓

堂鼓，又叫作同鼓、战鼓，是中国传统锤击膜鸣乐器之一。鼓框是木头做的，两面蒙上皮革。演奏时，手持两根木槌敲击鼓面发声，亦有通过敲击鼓边、鼓框、鼓心和控制敲击力量可获得大幅度的音量及音色对比，常用于官府公堂上设置的鼓，也有用于民间祭祀或婚丧嫁娶等重大活动中演奏的鼓，如《九歌·东君》中：『緪瑟兮交鼓，箫钟兮瑶簴。』民众在祭祀太阳神的歌舞活动中，就有鼓声作为伴奏。

清代　龙纹玉磬

中国古代最早的『磬』是一种打击乐器，用石头制成，形状像曲尺，可以单个使用，也可以成组使用。后发展有玉磬，声音清脆，传声较远。孙希旦集解中写：『玉磬，《书》所谓鸣球，天子之乐器也。』可见使用玉磬的规格之高，主要用于宫廷活动演奏之用。

清代　铜锣

锣在我国已经有两千多年的历史，是常见的打击乐器，它的结构比较简单，锣身呈一个圆形的弧面，四周是以锣身的边框进行固定，演奏时，用木槌敲击锣身正面部分，即可振动发声。在古代，锣常用于礼仪和战争，曾被称为『金』，因此有『鸣锣开道』和『鸣金收兵』之说。后锣不断发展，有规格不一、用途各异的锣。

战国　蛇座凤鸟鼓架

为楚国出土文物，是楚文物中的精品代表作。全器以双鸟为底座，上立一对凤鸟，其凤鸟如冲天欲飞的雄鹰，雍容华贵。两凤之间是悬挂鼓的地方，应有一圆鼓立在其中，方便在演奏时进行敲击。

清代　扬琴

扬琴，又称『洋琴』『打琴』『铜丝琴』或『扇面琴』。是中国常用的一种弦乐器，至今已有四百多年的历史，在民间合奏的乐队中是不可缺少的乐器。其音色细腻明亮，刚柔并济，非常悦耳动听。

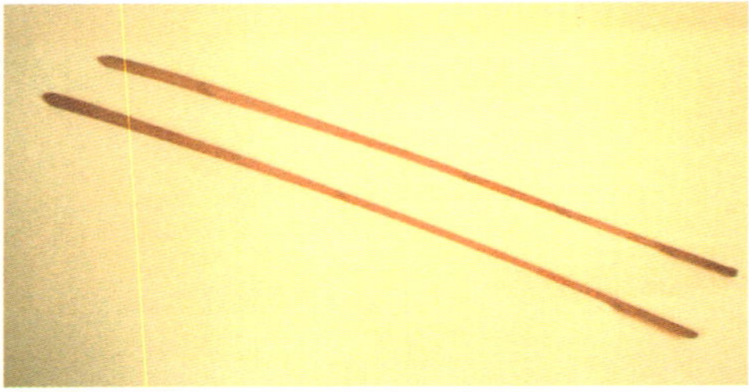

援北斗兮酌桂浆。”

在人们载歌载舞为太阳神献唱的时候。随着乐歌的音律与节拍，太阳神和他的随从终于来了。神灵降临时，遮天蔽日。

太阳神身披青云白霓，他举起长箭射向喜欢作恶的天狼星，抓起形似弓的弧矢星来阻止太阳西沉、祸患降临人间。他还以北斗星为酒杯，斟满桂花酒，为人间万民赐福。

“撰余辔兮高驼翔，

杳冥冥兮以东行。”

英武豪放的太阳神，为百姓消灾解难，为万民赐福，为人间洒下光明。当光芒万丈的太阳神拉着缰绳驾车在高空翱翔，从幽暗中向东方奔去时，人们目送太阳神离去，颂念他的恩德，感谢他不辞劳苦地从黑夜奔波到白天，在每一个清晨，为大地带来光明。

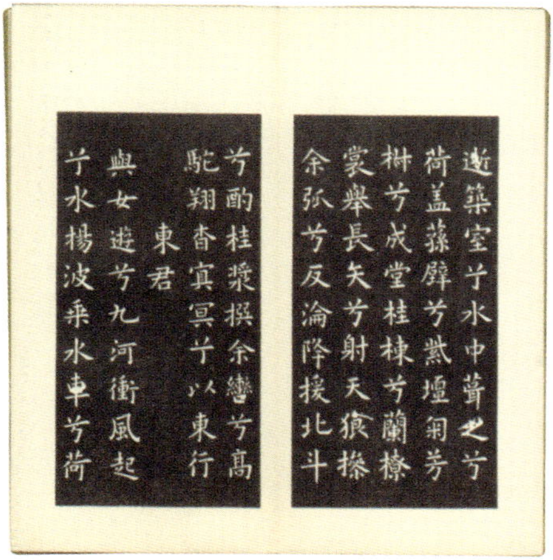

《东君》

选自欧阳询《欧阳率更九歌残石》。《九歌·东君》是祭祀太阳神『东君』的乐歌：『暾（tūn，刚升起的太阳）将出兮东方，照吾槛兮扶桑。抚余马兮安驱，夜皎皎兮既明。驾龙辀（zhōu，指龙驾的车）兮乘雷，载云旗兮委蛇。长太息兮将上，心低徊兮顾怀。羌声色兮娱人，观者憺（dàn，指安然的样子）兮忘归。緪（gēng，急促地弹奏）瑟兮交鼓，箫钟兮瑶簴（jù，钟的架子）。鸣篪（chí，古代管乐器）兮吹竽，思灵保兮贤姱（kuā，美好）。翾（xuān，轻飞）飞兮翠曾，展诗兮会舞。应律兮合节，灵之来兮蔽日。青云衣兮白霓裳，举长矢兮射天狼。操余弧兮反沦降，援北斗兮酌桂浆。撰余辔兮高驼翔，杳冥冥兮以东行。』

在我国古代的传说中，黄河有位河神，人们称他“河伯”。“河伯”作为黄河之神，肩负着治理黄河、管理众多河流的使命。

如果河流泛滥成灾，百姓就会遭到洪水的侵袭，家园不保，庄稼被洪水淹没的景象就会出现。所以百姓十分崇敬河伯，会举行祭祀，唱起献给河伯的歌，祈求得到河伯的护佑。

《楚辞》中的《九歌·河伯》就是向黄河之神河伯献唱的诗歌。

诗中唱道：

“与女（rǔ，汝，你）游兮九河，冲风起兮横波。

河伯

选自元代佚名《仿赵孟𫖯九歌图册》。这是一首为祭祀河伯而写的祭歌，河伯即黄河之神，是尊贵的地祇，表现了当地人民对河伯的尊敬及企盼河伯保卫家园平安的愿望。

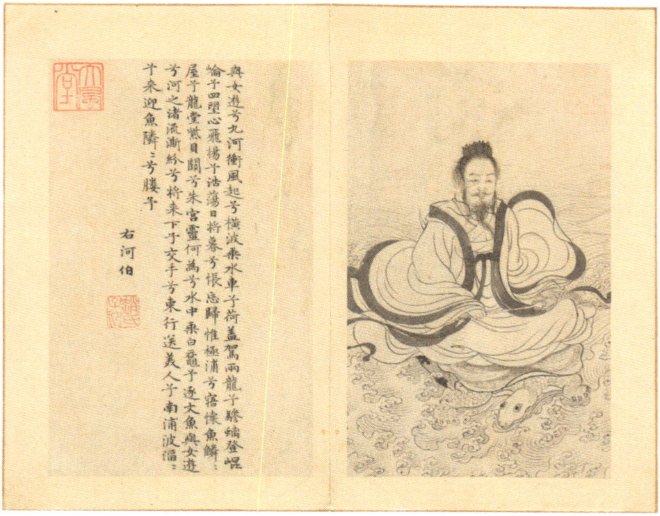

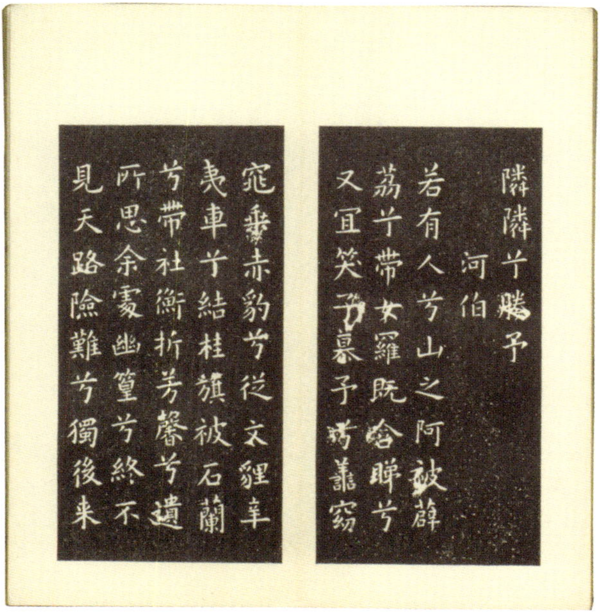

《河伯》石刻拓本

选自欧阳询《欧阳率更九歌残石》。

清代　佚名《黄河万里图卷》

藏于美国大都会博物馆。此图绘于康熙年间，黄河自古就是中国的母亲河，是中华文明的发源地。此图当时用于管控黄河河道及黄河流域城镇策略的制定，河道绘制精准，表现了当时地图绘制的水平。

乘水车兮荷盖，驾两龙兮骖螭（cān chī，指驾车的龙）。

登昆仑兮四望，心飞扬兮浩荡。

日将暮兮怅忘归，惟极浦兮寤（wù，睡醒）怀。”

和你一起畅游黄河啊，大风吹过，河面扬起波浪。

乘坐着车盖上饰有荷叶的水车啊，两条飞龙来驾车。

龙车飞驰到黄河的发源地昆仑山，登上昆仑山，极目四望。心旷神怡，河水浩荡。

日暮时分，怅然忘归，只能在河水的尽头感怀不已。

“鱼鳞屋兮龙堂，紫贝阙兮朱宫，灵何为兮水中？

乘白鼋（yuán，大鳖）兮逐文鱼。

与女游兮河之渚（zhǔ，水中的小块陆地）。流澌（sī，指解冻时流动的冰）纷兮将来下。

子交手兮东行，送美人兮南浦。

波滔滔兮来迎，鱼隣隣兮媵（yìng，指送别）予。”

用鱼鳞造屋，用龙鳞装饰厅堂，用紫色的贝壳装饰宫门，用珍珠装饰宫殿。河伯您为什么停留在水中？

乘坐着白色的大鳖啊，去追逐那成群结队的鱼儿。

随你一起畅游在河中小洲，冰块纷纷解冻，顺势奔流而下。

和你执手告别啊，我将继续向东而行，只能把你送到那向阳的河岸旁。

波涛滚滚来迎接我啊，鱼儿成群来送我。

清代　白玉河马负图纸镇

日复一日，年复一年，河伯巡游于黄河，以水神的威严震慑黄河，压制黄河的肆虐，管理着黄河，不给人间带去洪灾。人间百姓为感谢河伯，举行盛大的祭祀，赞颂河伯的功绩，感谢河伯的恩德。人们唱起祭祀河神的祭歌《河伯》，想象着水底的缤纷世界和河伯的巡游情景，发出请求河伯赐福的祈愿。

阅读《九歌·河伯》这首诗，仿佛能听到滔滔不绝的流水声，能看到粼粼波光和一波接一波的水浪。

“冲风起兮横波”“心飞扬兮浩荡”这样简洁有力的诗句，呈现出波澜壮阔的画面，描摹出身临其境于黄河边看波涛汹涌时的飞扬心境。

“鱼鳞屋兮龙堂，紫贝阙兮朱宫”这两句诗，仅仅 12 个字，就描绘出绚丽、奇异的水底神话世界中的宫阙。读的时候，脑海中不禁会浮现出水中的鱼儿鳞次栉比，绕着水底的宫殿、龙屋游弋的情景。用鱼鳞和龙鳞造屋、装饰厅堂；用紫色的贝壳装饰宫门，用珍珠装饰水下宫殿。

布满荷叶的车盖，两条龙拉载的水车，水里一阵阵的鱼群，水底的龙堂、贝阙，这些与河流相关的神话元素，组成绚丽、壮阔的河伯巡游的画面，引起读者无尽的遐想。

动人的《九歌·山鬼》

在我国古代的神话传说中，神灵众多。云有云神，水有水神，山有山神。有时人们也把山神称作山精、山鬼。提起鬼怪，人们不禁会想起狰狞丑陋的形象，但在《楚辞》中的《九歌·山鬼》这首祭祀山神的乐歌中，却塑造了一位美丽妖娆的女山神的形象，她既不狰狞，也不丑陋，甚至还因为孤独而有点儿可怜。

在山中的密林里，孤独的山神无人搭话，无人陪伴。除了一些野兽，就是漫山遍野不会发出声音的藤萝树草。美丽的山神在林子里日复一日过着寂寞的生活。

祭祀山神的时候，主持祭祀的女巫，会装扮成山神的模样，

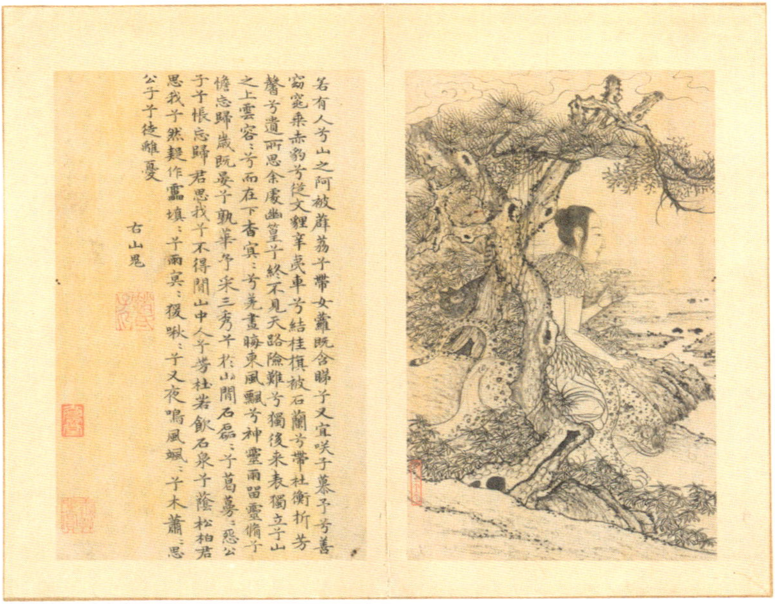

山鬼

选自元代佚名《仿赵孟頫九歌图册》。此诗是祭祀山鬼的歌词，诗中描述的是一个温情可爱的山鬼，在山中等心上人却未等到的失望惆怅情绪。作者借山鬼以自拟，写出了自己平生抑郁不得志、无人理解的情怀。

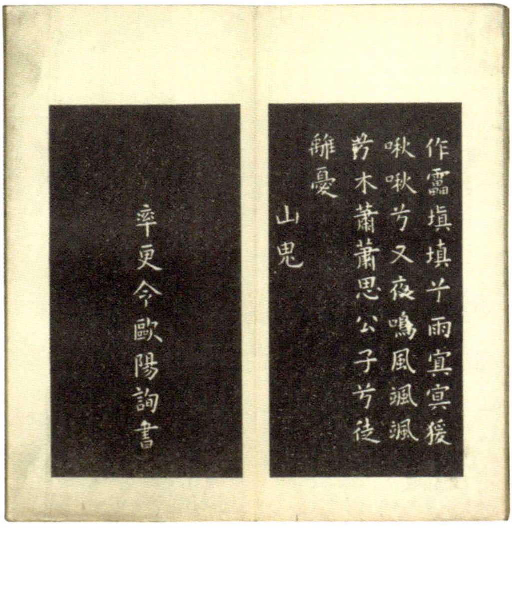

《山鬼》石刻拓本

选自欧阳询《欧阳率更九歌残石》。

模仿山神的口吻歌唱：

“若有人兮山之阿，被（pī，通‘披’）薜荔（bì lì，植物名）兮带女罗。

既含睇（dì，看）兮又宜笑，子慕予兮善窈窕（yǎo tiǎo，指女子端庄美丽）。

乘赤豹兮从文狸，辛夷车兮结桂旗。”

如果有人在山间出没啊，那是我身上披挂着绿色的薜荔藤蔓，腰间束着松萝的细枝，从那里走过。

含情脉脉地一瞥，娇媚地一笑，能使你情不自禁地喜欢上我的端庄和美貌。

驾驭红色的豹子啊，后面跟着成群的山狸猫，辛夷木制成的车子上装饰着桂花枝扎成的彩旗。

“被石兰兮带杜衡，折芳馨兮遗所思。

余处幽篁（huáng，竹林）兮终不见天，路险难兮独后来。

表独立兮山之上，云容容兮而在下。

杳冥冥兮羌昼晦（huì，昏暗不明），东风飘兮神灵雨。”

采来香草石兰披在身上，折下香草杜衡当作裙带。摘下馨香的花，赠送给你来表达我的想念之情。

我生活在不见天日的幽深竹林中，我知道是因为通往这里的道路艰险难行，才使得你姗姗来迟。

山鬼

选自宋代李公麟绘《九歌图》。

宋代　刘松年绘《麻姑采芝仙图》

独自一人站在高山上，腾腾的云雾在脚下涌动。

密林深处的白天也幽暗得如同傍晚，东风飘过啊，神灵又降下大雨。

“留灵修兮憺忘归，岁既晏（yàn，迟，晚）兮孰华予？

采三秀兮于山间，石磊磊兮葛蔓蔓。

怨公子兮怅忘归，君思我兮不得闲。”

在幽林中流连忘归，不知不觉中已年岁渐老，什么能使我永葆青春，永远像花一样美丽？

在山间采摘能延年益寿的灵芝草啊，只见岩石成堆，葛藤丛生。

对我那没来赴约的心上人心生怨气，那思念我的人啊，兴许是忙得没空来和我见面吧。

“山中人兮芳杜若，饮石泉兮荫松柏。

君思我兮然疑作，雷填填兮雨冥冥，猨啾啾（jiū jiū，指各种凄切尖细的声音）兮又（yòu，当作‘狖’，长尾猿）夜鸣。

风飒飒兮木萧萧，思公子兮徒离忧。”

我独居山中，如同那生长在密林中的香草杜若，孤独地饮用石泉水，住在松柏山林中。

不知那未能来赴约的心上人，到底会不会想念我。滚滚而来的雷声啊，昏沉沉的雨，猿猴在夜晚的山中发出凄切尖细的鸣叫。

风飕飕地吹着，满山的树木显得那样萧条。对心上人的思念啊，让我平添出许多忧伤。

这首献给山神的《山鬼》，和《九歌》中其他献给神灵的诗歌截然不同。在其他那些向神灵献唱的诗篇中，众神是或威严、或光芒四射、或神采飞扬、或高高在上的形象。《山鬼》中的山神，却“余处幽篁兮终不见天”，她身处幽暗的密林，被大山围困，只能与山中的野兽和花草为伴，难以与人亲近。在她的身旁陪伴她的是“石磊磊兮葛蔓蔓”中的累累石块和蜿蜒的藤蔓，是“雷填填兮雨冥冥，猨啾啾兮又夜鸣”中的轰隆雷声、凄清的冷雨和猿猴在夜里的哀鸣；是“风飒飒兮木萧萧”中的寒风和萧瑟的树木。诗句中重叠的修辞，加深加重了山中那阴郁、凄清的氛围。身披馨香的藤蔓，腰上系着柔软的枝条，山神的笑容是那样美，可是独居山中的山神又是那样孤独和忧伤。

《山鬼》这首诗别具一格，塑造出山神与众神不同的形象，她仿佛就像一个孤单的人那样，引发读者对她的同情。从这首诗里，我们也可以感受到诗歌作者屈原的内心，他之所以能塑造出孤独山神的形象，难道不正是因为他的内心深处也是孤独的吗？他不也正像他笔下的山神一样，曾身披香草却无人理解和赏识，被埋没，被疏远，只能向天发问，发出忧伤却无人听见的慨叹吗？

悲壮的《九歌·国殇》

《九歌·国殇（shāng）》是《楚辞》中追忆阵亡将士、祭祀英雄亡灵的挽诗。“殇”这个字原指在未成年时夭折，“国殇”后来就指为保家卫国而战死的人。

在屈原生活的战国时期，秦国为了统一六国，不断发起战争，位于齐国和秦国这两个大国中间的楚国，饱受战争的侵扰。

楚怀王任楚国君主时，秦国使用计谋，离间齐、楚两国的关系，破坏齐国和楚国的抗秦联盟，并不断对楚国发起攻击。楚怀王十七年（公元前 312 年），楚国和秦国交战，楚国将士被秦军斩杀达 8 万人之多。公元前 311 年，秦国再次攻楚，楚国兵力衰败，

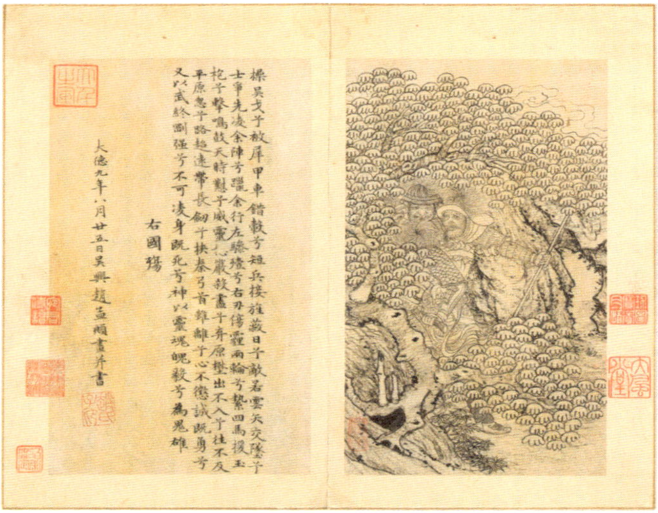

国殇

选自元代佚名《仿赵孟頫九歌图册》。此诗是屈原追悼楚国阵亡将士的挽诗。林云铭《楚辞灯》：『怀王时，秦败屈匄，复败唐昧，又杀景缺，大约战士多死于秦，其中亦未必悉由力斗……《庄子》曰：战而死者……皆以无勇为耻也。故三闾先叙其方战而勇，既死而武，死后而毅。极力描写，不但以慰死魂，亦以作士气，张国威也。』全诗共分为两节，第一节描述将士在战场中奋力抗敌、壮烈牺牲的场面；第二节是歌颂将士骁勇善战、不畏艰险的高尚气节。抒发作者热爱祖国的情感。殇是指为国牺牲的人。国殇取民间『九歌』之祭奠之意，以哀悼死难的爱国将士，追悼和礼赞为国捐躯的楚国将士的亡灵。

已难以抵挡秦国的进攻。

在楚顷襄王任楚国君主时，秦国多次发起对楚国的攻击，楚国损失了许多城池，死伤了无数将士。

楚国将士披甲持戈挥别故土，奔赴战场，却在对秦的战争中，屡遭惨败，无数将士英勇奋战，战死沙场。

为保卫楚国而牺牲的战士越来越多，多到无人收尸埋葬，无法为死去的将士们修建坟茔。

楚国人举行祭祀，唱《国殇》，祭奠为楚国捐躯的将士们的亡灵。

“操吴戈兮被（pī，通‘披’，穿着）犀甲，
车错毂（gǔ，指车轮）兮短兵接。

旌蔽（bì，遮、挡）日兮敌若云，

矢交坠兮士争先。”

在《国殇》这首诗的开篇，展现出了楚国将士在沙场与敌人短兵相接、浴血奋战的悲壮场面。

手持锋利的吴戈啊，身披犀牛皮制成的坚硬战甲。

战车轮轴交错，兵器相交相撞。

旌旗遮天蔽日啊，敌军众多，如同云一般涌来。

箭矢如雨点般坠落啊，将士们在箭雨中奋勇向前。

“凌余阵兮躐（liè，践踏）余行。

左骖（cān，马）殪（yì，死）兮右刃伤。

霾（mái，同‘埋’）两轮兮絷（zhí，捆住）四马。

援玉枹（fú，鼓槌）兮击鸣鼓。

天时坠兮威灵怒。

严杀尽兮弃原野。”

这几句诗呈现出在寡不敌众的战局中，楚国士兵和战马死伤无数，依然顽强抵抗的惨烈情景。

敌军冲散了我们的军阵，打乱了我们的队列。

拉载战车的左侧战马已死，右侧的战马被敌人的利刃砍伤。

激战将败，将士们把无法前进的战车的车轮埋进土里，系住拉车的战马，他们固守阵地，绝不后退。

统帅拿起鼓槌敲响战鼓。

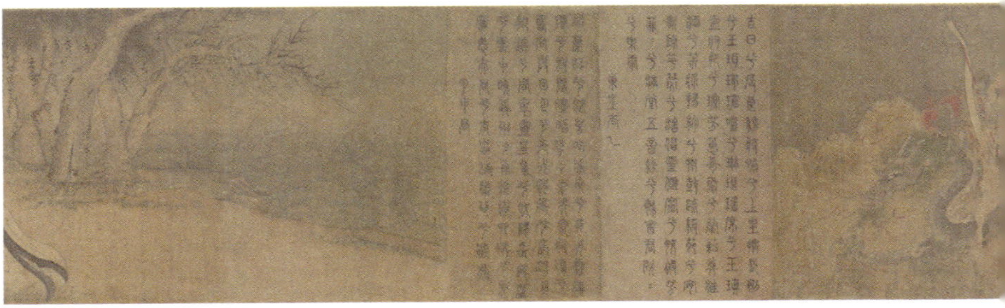

宋代　张敦礼绘《九歌书画卷》

波士顿美术馆藏。张敦礼，北宋画家。汴梁（今河南开封）人。善写人物，贵贱美恶，容貌可见，笔法细密，神采如生。此画卷以屈原的《楚辞·九歌》十一篇（东皇太一、云中君、湘君、湘夫人、大司命、少司命、东君、河伯、山鬼、国殇、礼魂）为题材绘制而成，右图左文。画卷有历代钤印：毕沅审定、石渠宝笈、宝笈三编、秋帆珍赏、嘉庆御览之宝等。

战国　青铜驭手

战国　战车配件

青铜嵌银。

战国　错金银马首形铜辕饰

天昏地暗的厮杀场面让神灵都感到震怒。

当厮杀声慢慢消退时，原野上到处都是将士们的遗体。

“出不入兮往不反，平原忽兮路超远。
带长剑兮挟秦弓，首身离兮心不惩。
诚既勇兮又以武，终刚强兮不可凌。
身既死兮神以灵，子魂魄兮为鬼雄。”

这些诗句呈现出将士们离家奔赴战场的情景和将士们英勇不屈的精神。

将士们自走出家门起就注定了难以生还，他们朝着平原上的战场义无反顾地奔去，不怕路途遥远。

带着长剑携着强弓，他们征战至死，即使头颅和身体分离，也依然不改雄心。

他们是那样勇敢顽强啊，他们为国捐躯的意志坚不可摧。

即便战死，他们的精神和斗志依然不灭。生为人杰，死为鬼雄，他们的魂魄也必定成为鬼魂中的英雄豪杰。

悲壮、沉痛、哀婉的《国殇》，让读者仿佛走进了古代的战场，面对难以战胜的强敌，楚国将士毫不气馁，他们只可前进，绝不后退。哪怕死在战场上，哪怕“首身离兮”，依然斗志不改。

《九歌·国殇》这首诗并不长，这首为将士们的亡灵哀哭、礼赞的千古挽歌，祭祀英雄，悼念战死沙场的楚国将士，为读者展示出了古战场上遮天蔽日、尸横遍野的战争场面，呈现出战争的残酷和楚国将士们英勇不屈的战斗精神。

庄重的《九歌·礼魂》

《礼魂》是《楚辞·九歌》组诗中的最后一首诗，这首诗是《楚辞》中最短的一首，全诗只有27个字。它是一首尾歌，也是一首送神曲。

“成礼兮会鼓，
传芭（bā，一种香草）兮代舞，
姱（kuā，美好）女倡兮容与，
春兰兮秋菊，
长无绝兮终古。”

祭祀已经举行完毕，急促的鼓声响起。

王原祁绘《山川焕采图》轴

九歌
李伯時

元代　张渥绘《九歌图卷》

此图为元代白描风格的画作，每段一图，画的是《九歌》中的十章内容。每章用篆书书写章名，还有元代书法家吴睿的题词。展开画卷，首先映入眼帘的是身着长袍、拱手站立的屈原像。画家运用了以线条勾勒为主的白描手法，古朴脱俗。接着根据情节逐一绘出东皇太一、云中君、大司命、少司命、湘君、湘夫人等形象。与其他画作不同的是，东君是人们想象中的太阳神，张渥却捕捉住『举长矢兮射天狼』这一爱憎鲜明的情节，把太阳神和天狼星之间的矛盾冲突集中在一个画面上。太阳神被描绘成一个全副武装、魁梧雄伟的武士，一手持弓，一手握箭，翻身怒视天狼星，须眉怒张，强调了他的勇武。还有，在《山鬼》一节中，画卷中的山鬼骑一匹豹子飞跃在丛林之中，大胆的想象也与众不同。全卷忠实地表现了《九歌》的辞意，是一件极为珍贵的艺术精品。

明代 景德镇珐琅瓷碗

主持祭祀的女巫将芭草传递给其他人，人们举着芭草轮番起舞。

美丽的女巫唱起节奏舒缓的歌。

春天有芬芳的兰草啊，秋天有馨香的菊。

这一次的祭礼已经完成，但神圣的祭祀不会就此停止，对神灵的祭拜还将年复一年地延续，直到千秋万代。

古人崇尚有始有终，在《九歌》中，先后以祭祀乐歌的形式，向东皇太一、云中君、湘君、湘夫人、大司命、少司命、东君、河伯、山鬼等神灵进行了祭拜和献唱，又以《国殇》哀悼了为楚国捐躯的将士的亡灵，最后以《礼魂》这首短诗收尾。

《九歌》中的各篇，形式不同，风格各异，每首诗歌都贴近所要祭拜的神灵的特点，或庄严肃穆，或欢快明丽，或哀婉悲壮，到结尾的《礼魂》时，读者仿佛经历了一次完整的礼拜仪式，在意犹未尽中感慨《九歌》的瑰丽与丰富多彩，体味屈原作品的艺术魅力。

因为有了《楚辞》，两千年后的我们不必凭空去想象屈原所经历的时代，而能通过屈原留下的诗篇更真切地感受屈原和屈原同时代的古人的经历及思想情感。通过阅读《楚辞》中屈原的作品，我们能更容易地透过文字和诗篇回到两千多年前，了解屈原的生平，了解他在何时、何地有何种想法，了解他经历过怎样的希冀和痛楚，又如何写下了让古今中外的后人赞叹不已的诗篇。

投汨罗江以身殉国的伟大诗人屈原留下的可歌可泣的故事及恢宏绮丽的《楚辞》，将带给爱思考、爱钻研的读者以无穷无尽的思考和启发。或从屈原的经历中总结为人处世的人生经验，或在屈原的诗篇中学习古人遣词造句的方法，或受《楚辞》的影响展开宏大自由的想象，或由《楚辞》去贴近古人的情感与生活，或从某一诗句中得到灵感的启发，或在某一个字的琢磨中找到理解古代汉语的钥匙……这些都是我们走近《楚辞》、了解《楚辞》的获益。

浪漫的《湘君》和《湘夫人》

在《湘君》和《湘夫人》里，屈原描绘了一对神仙夫妇。

有观点认为，湘君是山神。也有观点认为，湘君和湘夫人都是湘水的水神。湘水是楚国境内最大的河流。传说，湘君是湘水的男神，湘夫人是湘水的女神，他俩是一对夫妻。

《湘君》这首诗以女性的口吻唱出了湘夫人对湘君的思慕之情。诗中写道：

“君不行兮夷犹，

蹇（jiǎn，楚国方言，发语词）谁留兮中洲？
美要眇（miǎo，指看不清楚）兮宜修，
沛（pèi，水势湍急或行动迅疾的样子）吾乘兮桂舟。
令沅湘兮无波，
使江水兮安流！
望夫君兮未来，
吹参差兮谁思！”

这些诗句描绘出湘夫人去约定的地点和湘君会面，却没有看到湘君。湘夫人略带埋怨地唱道：

“湘君啊，你为什么还没来？到底是什么原因使你还留在中洲？我梳妆打扮，驾起桂舟。我令沅湘之水平静无波，让江水慢慢流淌。我盼望夫君你这么久，你却迟迟不来。难道你听不出我的箫声里流露出的思念吗？”

湘夫人在约定的地方没有等到湘君，她只好“驾飞龙兮北征，邅（zhān，回转，绕道）吾道兮洞庭”。

湘夫人没等到湘君，只好去洞庭寻找湘君。可是湘夫人去了洞庭，仍没有看到湘君。湘夫人环顾水面，不见湘君的身影，她不禁伤心落泪，一旁的侍女也跟着叹息起来。

紧接着，诗中写道：

“捐余玦（jué，环形玉佩）兮江中，
遗余佩兮醴（lǐ，澧水，在今湖南，流入洞庭湖）浦。
采芳洲兮杜若，

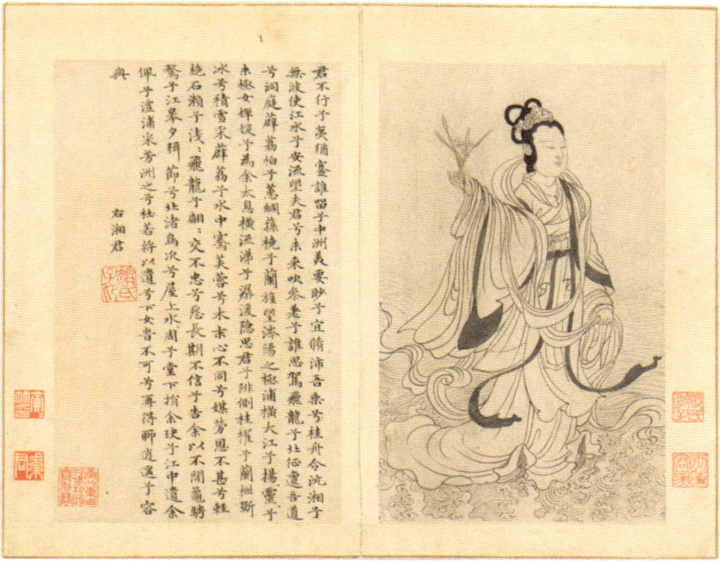

湘君

选自元代佚名《仿赵孟頫九歌图册》。此诗是祭奠湘君的诗歌，以湘夫人的语气写出，写她久盼湘君而未能盼来湘君的伤感之情。

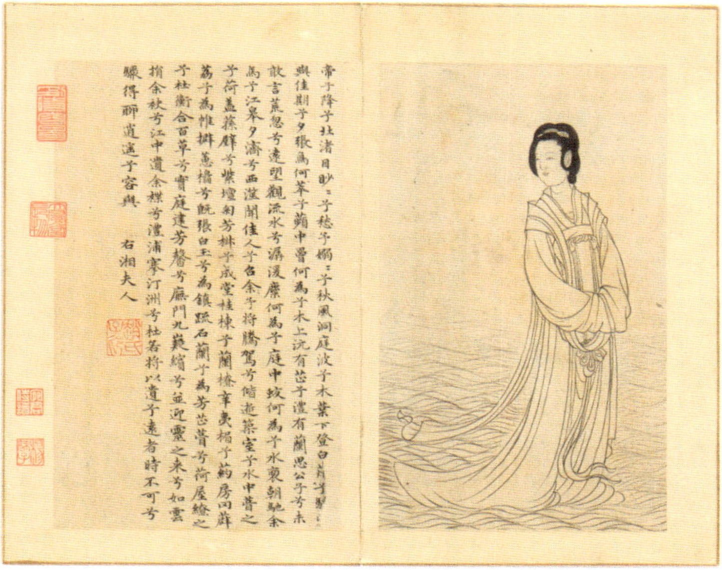

湘夫人

选自元代佚名《仿赵孟頫九歌图册》。《九歌·湘君》的姊妹篇，此诗写湘君期待湘夫人而不至从而产生的思慕哀怨之情，全诗以男子视角描述相思之情，所抒之情缠绵悱恻、令人感动。

湘君和湘夫人

选自宋代李公麟绘《九歌图》。湘君是汉水之神，湘夫人是湘水之神。诗中描绘了美丽的湘夫人思念湘君的那种临风企盼，因久候不见湘君如约赴会而产生的怨慕神伤、失望、怀疑、埋怨的复杂感情。人物神情及动态生动表现出湘夫人那种驰神遥望、祈之不来、盼而不见的惆怅心情。

将以遗兮下女。
时不可兮再得，
聊逍遥兮容与。”

这些诗句的意思是：湘夫人失望之余，取下玉佩抛入了江中，摘下佩饰放在了澧水河畔。她从小洲上采来的美丽的杜若花，也打算送给侍女了。湘夫人心想，既然时光流逝不可重来，我不如慢下脚步，逍遥从容一些吧。

在《湘君》这首诗中，描绘出了湘夫人等待湘君出现、四处寻找湘君的情景和寻而不得的失落心情。

在《湘夫人》这首诗中，则以湘君的口吻，描绘出了另一幅情景。诗中写道：

“帝子降兮北渚，目眇眇（miǎo，指看不见）兮愁予。
嫋嫋兮秋风，洞庭波兮木叶下。
白薠（fán，水边的一种草）兮骋望，与佳期兮夕张。
鸟萃兮蘋中，罾（zēng，渔网）何为兮木上？
沅有茝兮醴有兰，思公子兮未敢言。
荒忽兮远望，观流水兮潺湲（chán yuán，水慢慢流动的样子）。”

这些诗句描绘出湘君来到了约定的地点，却没有看到湘夫人。他只看到秋风拂过，洞庭湖泛起波澜，树叶纷纷飘落。

他踏着水边的野草，一边张望，一边疑惑湘夫人为什么没来

明代　文徵明绘《湘君湘夫人图》

故宫博物院藏。文徵明，原名壁，或作壁，字徵明。明代画家、书法家、文学家。与祝允明、唐寅、徐祯卿并称『吴中四才子』。在画史上与沈周、唐寅、仇英合称『吴门四家』。此图是他的人物画代表作，人物做唐妆，高髻长裙，有飘飘御风之态。画中的湘君、湘夫人一前一后，裙裾飘动，前者手持羽扇，头向后侧顾，似与其闲语，给人以娴静美好之感。

清代　任熊绘《湘夫人图》

上海博物馆藏。任熊，清代晚期著名画家，『海派』艺术的代表人物之一。他也是一位绘画全才，无论人物、花卉，还是山水、鱼虫，都是其精通的。图中所绘湘夫人手持羽扇，头饰和耳饰富贵华丽，她的双眼微睁，神情若有所思。

赴约。

鸟儿在水草上飞舞，渔网挂在树梢，沅水边长满了白芷，醴水边开满了兰花。湘君想念着湘夫人却没有说出来，他神情恍惚地远望，只看到江水在潺潺流动。

湘君在江水旁幻想着和湘夫人相见的情景，还设想着要在水中央建起一座以荷叶为盖、用香草做装饰的华美芬芳的庭院，迎接湘夫人到来。

诗中写道：

“九嶷（yí，湘水南边的山名）缤兮并迎，灵之来兮如云。

捐余袂（mèi，衣袖）兮江中，遗余褋（dié，衣衫）兮醴浦。

搴（qiān，折取）汀洲兮杜若，将以遗兮远者……”

湘君幻想着湘夫人到来的画面，九嶷山的众神都来相迎，他们簇拥着美貌的湘夫人姗姗而来。

湘君扯下衣袖抛入了江中，脱下外衫扔到了醴水旁。他甩开臂膀，在水中的小洲上采摘美丽的杜若花，打算把这些花送给从远方而来的湘夫人！

从《湘夫人》这首诗中，我们可以看到湘君对湘夫人的约会也是十分重视的，但他赶到约会地点后，却没有看到湘夫人，大概是和湘夫人一前一后地错过了。

在屈原创作的《九歌》中，《湘君》和《湘夫人》是两首

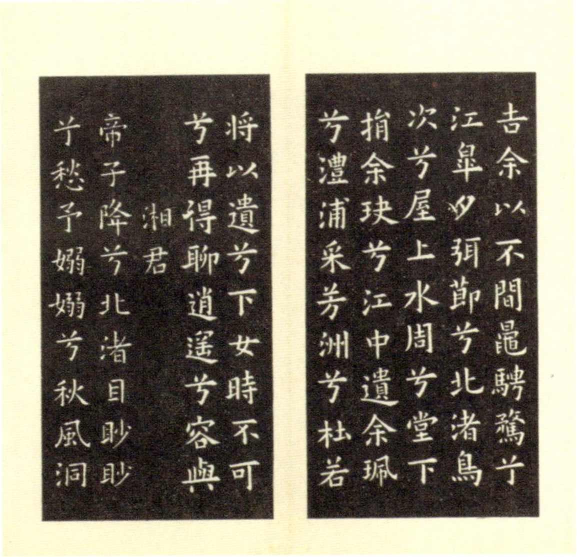

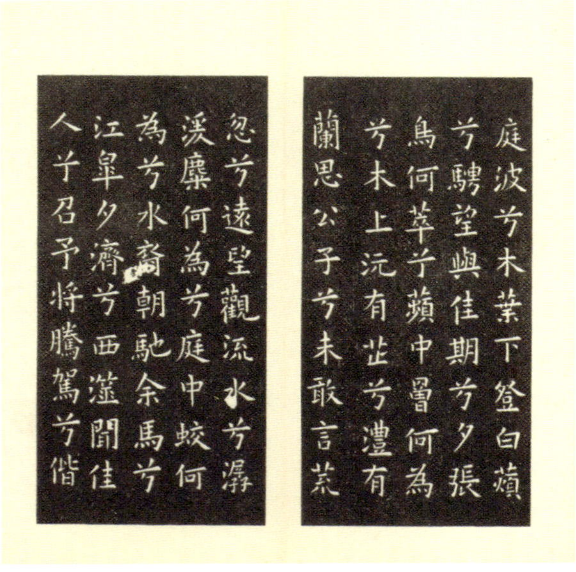

《湘君》碑刻拓本

选自欧阳询《欧阳率更九歌残石》。

富于生活情趣和浪漫色彩的作品，也是具有鲜明楚地特色的姊妹篇。在《湘君》和《湘夫人》所描绘的情景中，虽然湘君和湘夫人未能如愿以偿地会面，但诗歌中表达出的他们对彼此的思念和真挚的情感却浪漫而美好，使得这两首诗成为古代爱情诗的典范。

天问

《招魂》哀吾生，《远游》驾八龙

周赧王十四年（公元前 301 年），秦国联合齐、韩、魏三国一起攻楚。由于那几年战事频繁，楚国损失了很多人马，到秦国的联军又来攻打时，楚国已无力还击。

周赧王十六年（公元前 299 年），秦国又攻楚，夺取了楚国的八座城池。楚国损失惨重，楚国君主楚怀王觉得疲惫不堪。

秦国的君主秦昭襄王感到楚国已不是自己的对手，就打算以停战和谈为名，把楚国的君主楚怀王骗出来，胁迫楚怀王割地投降。秦昭襄王传话给楚怀王，邀请楚怀王去武关会面，商谈秦、楚两国停战和好之事。

不断吃败仗的楚怀王，一听秦国约他去议和，就立即决定赴约。

屈原得知楚怀王要赴秦的消息后，就和楚国的几位大臣一起

招魂图

选自《钦定补绘萧云从离骚全图》。屈原的《招魂》是独具特色的一篇诗文，是他模仿民间的招魂习俗写成的，古人迷信，认为人都是有灵魂的，人生病或死亡，灵魂就会离开肉体，一旦灵魂离开，就应该举行所谓的招魂仪式，呼唤灵魂归来。屈原写作《招魂》，就是模仿民间，以呼唤楚怀王的灵魂回到楚国来。《招魂》共分为三个部分：一为序引，二为招魂辞，三为乱辞。作为《招魂》主干的是巫阳的招辞。招辞的第一部分写东、南、西、北、天上、地下的可畏可怖。这里取用了许多神话材料，写得诡异莫测。全诗语言浪漫奇诡，绚丽多姿，情感跌宕起伏，九曲连环，意境尤其高妙深远。

巫阳招魂图

选自《钦定补绘萧云从离骚全图》。

豺狼从目

选自《钦定补绘萧云从离骚全图》。

郢都

选自《钦定补绘萧云从离骚全图》。

劝谏楚怀王，试图阻止楚怀王去武关赴会。他们希望楚怀王不要轻信秦国，不要上秦国的当，但楚怀王惧怕秦国的攻打，仍希望通过与秦国会谈，使楚国摆脱困境。在楚怀王的小儿子子兰和另一些大臣的支持下，楚怀王还是去了武关。

结果楚怀王一到武关，就被秦军擒住了。秦军把楚怀王押到了秦国的都城咸阳，强迫楚怀王割地给秦国。楚怀王明白自己又一次上了秦国的当，他后悔莫及，宁肯被秦国扣押，也不同意割地。

楚国拒不割地，秦国又发兵攻打楚国。楚军大败，这一次，楚国损失将士五万人，被秦军夺取了十六座城池。

公元前 296 年，被扣押无法出逃的楚怀王死在了秦国，秦国把楚怀王的遗体送回楚国。楚国群臣哀痛震惊，这才决定和秦国彻底绝交。

那时，楚国已立了太子横为楚顷襄王。楚国遭遇如此不幸，正是君主昏庸，将屈原这样的忠臣弃之不用，亲小人远贤臣导致的恶果。

楚顷襄王本该认真反思，避免重蹈楚怀王的覆辙。可是楚怀王死后，楚顷襄王并没有重新起用屈原，反倒把屈原三闾大夫的官职也免去了，把屈原流放到了江南。

国君死于异乡，忠臣遭到流放，这是楚国历史上的奇耻大辱。屈原在悲愤中离开郢都，沿长江朝着流放之地艰难地跋涉。他哀悼楚怀王的离世，思索楚国的前途和命运，沿路留下了许多诗章。

关于《招魂》的作者，也有争议。有观点认为《招魂》是战国时期的辞赋家宋玉在屈原投江自杀后，为哀悼屈原而写的。还有观点认为，《招魂》是屈原为客死异乡的楚怀王而写的。

《招魂》描绘了一个品行高洁、坚持道义却受到诬陷的人。他在愁苦中神情恍惚，魂魄离散，受了很多苦。天帝同情这个人，想帮他摆脱魂魄离散之苦，就命令神巫巫阳去为这人招魂。

巫阳遵命来到人间，唱起招魂辞。

巫阳唱道："魂兮归来！去君之恒干，何为四方些？舍君之乐处，而离彼不祥些！"

"魂啊，你回来吧！不要离开主人的躯体四处奔走了。你舍弃了那位君子，离开了你安乐的居所，会遭遇凶险啊！"

随后，巫阳朝着东方念念有词道：

"魂兮归来！东方不可以托些。
长人千仞，惟魂是索些。
十日代出，流金铄石些。
彼皆习之，魂往必释些。
归来兮！不可以托些。"

"魂啊，你回来吧！不可到东方安身啊！那身材高大的巨人，正在到处搜寻离散的魂灵。那里有十个太阳出没，连金属和石头都会被烤化。那里的人已习惯了这些，可是你一旦去了那里，就会支离破碎。回来吧！东方不可落脚啊！"

巫阳又朝着南方唱道：

西晋 越窑神人楼阁纹青瓷瓶

由于古人信奉灵魂之说，认为灵魂是永恒的。因此制作了此类用于安放灵魂的器具。它的顶部是由鸟群高举的天堂般的宫殿建筑。宫殿周围有取意吉祥的动物，如大象、鹿等，象征着长寿和祥瑞。为了确保其安放灵魂的功效，这宫殿被一排排佛陀环绕，坐在莲花花瓣上的狮子宝座上冥想，也表现出中国最早的佛教文化在瓷器中的应用。

战国　环耳敦

食器。在祭祀和宴会时盛黍、稷、稻、粱等作物。

“魂兮归来！南方不可以止些。

雕题黑齿，得人肉以祀，以其骨为醢（hǎi）些。

蝮蛇蓁蓁（zhēn），封狐千里些。

雄虺（huǐ）九首，往来儵忽，吞人以益其心些。

归来兮！不可以久淫些。”

“魂啊，南方不能待啊！那里有额头上刻着花纹、长着黑牙齿的怪人，他们会把人制成用来祭祀的肉酱。那里毒蛇遍地，巨狐跑得飞快，长有九个脑袋的九头蛇，在那里出没往来。你会被它们吞掉。回来吧，不可在那里久留啊！”

随后，巫阳又朝西呼唤道：

“魂兮归来！西方之害，流沙千里些。

旋入雷渊，爢（mí）散而不可止些。

幸而得脱，其外旷宇些。

赤蚁若象，玄蜂若壶些。

五谷不生，藂菅（jiān）是食些。

其土烂人，求水无所得些。

彷徉无所倚，广大无所极些。

归来兮！恐自遗贼些。”

“魂啊，回来吧！西方流淌着千里流沙，一旦你被卷进沙海，就再也无法逃脱。即便你侥幸没陷进流沙，可那里除了沙海，只有红色的巨蚁和黑色的毒蜂。那里五谷不生，你在那里只能吃野草充饥。在那荒漠中，一滴水也没有，你将在那巨大的广漠中无依无靠，干渴无比。回来吧，不要在那里停留了！”

随后，巫阳又转身朝着北方呼唤道：

“魂兮归来！北方不可以止些。
增冰峨峨，飞雪千里些。
归来兮！不可以久些。”

“魂啊，回来吧！北方不可久留。那里只有巍峨的冰山和千里大雪，归来吧，那里不可久留！”

东西南北的方向，巫阳都喊过话了，巫阳又朝着天上唱道：

“魂兮归来！君无上天些。
虎豹九关，啄害下人些。
一夫九首，拔木九千些。
豺狼从目，往来侁（shēn，众多）侁些。
悬人以娭，投之深渊些……”

“魂啊，回来吧！你不可上天去！那九层天的每一层都设有关口，有虎豹把守。它们会伤害想进入天庭的人。那里还有长着九个头的怪物，它拔掉九千棵大树就像拔草那样容易。众多的豺狼瞪着眼睛，在那里来来往往，它们会咬人，把口中的人抛入深渊来戏弄……”

东西南北方和天上都是不能去的，地狱就更不能去了，巫阳

明代 佚名绘《山海百灵图卷》

旧题《唐胡环蕃兽图真迹神品》。绢本。现藏于赛克勒美术馆。

唱道：

“魂兮归来！君无下此幽都些。
土伯九约，其角觺觺（yí）些……
此皆甘人，归来！恐自遗灾些。”

“魂啊，回来吧！你千万不要去地下的幽都冥府。那里阴森恐怖，鬼怪张牙舞爪……这些鬼都以人为美味，回来吧，你去那里只会陷入万劫不复的绝境啊！”

巫阳以招魂辞告诫那游离在外的魂魄，不可在四方游离。那么，魂魄该去哪里呢？巫阳指引道：

“魂兮归来！反故居些。”

“魂啊，回来吧！你应当返回故居！”

接下来，巫阳为了引导魂魄回到家乡故居，唱起了故居的美好。

“层台累榭，临高山些。
网户朱缀（zhuì，装饰），刻方连些。
冬有突（yào，幽深）厦，夏室寒些。
川谷径复，流潺湲（chán yuán，水慢慢流动的样子）些。
光风转蕙，氾崇兰些……”

那故居是有着层层楼台、临近高山的院落。朱红色的雕花大门，宽敞气派，冬暖夏凉的庭院中曲径通幽。溪水潺潺流动，微风吹拂着的奇花异草散发出阵阵馨香……

“粔籹（jù nǚ，用蜜和面粉制成的饼）蜜饵，有餦餭（zhāng huáng，饴糖）些。

瑶浆蜜勺，实羽觞（shāng，古代酒器）些。

挫糟冻饮，酎（zhòu，醇酒）清凉些。

华酌既陈，有琼浆些……”

除了各种山珍海味，巫阳描述的故居里还有用饴糖做馅儿的蜜饼，有奢华的酒具，有美玉一般色泽的美酒佳酿……

《招魂》这篇诗章，借着巫阳的招魂辞，描绘了人间居所的舒适惬意，以吸引游离的魂魄回到故乡的旧居。

这篇辞赋充满了楚国的巫文化和神话色彩，具有非常丰富的想象力和奇异的风格，是《楚辞》中独具特色的诗篇。

公元前296年，屈原被楚顷襄王免去官职，流放江南。屈原离开楚国郢都，经长江，到洞庭，向南跋涉。他在长沙停留了一段时间后，沿沅水向南前往溆浦（xù pǔ）。途中，屈原创作了很多辞赋和诗篇。据历史记载，《楚辞》中的《九章·涉江》《九章·悲回风》等篇目都可能是作于流放的途中。

屈原在《涉江》这首诗的开篇写道：

“余幼好此奇服兮，年既老而不衰。

带长铗（jiá，这里指剑）之陆离兮，冠切云之崔嵬（cuī wéi，高耸），被明月兮佩宝璐（lù，美玉）。

涉江

选自《钦定补绘萧云从离骚全图》。《涉江》全诗可分为五段。第一段描述作者自己的理想和现实的矛盾，阐明涉江的原因；第二段写自己在路上的所闻所感；第三段写作者独处深山的感触；第四段展开联想，表明心迹、立场。

世溷浊而莫余知兮，吾方高驰而不顾。

驾青虬（qiú，古代传说中一种有角的龙）兮骖（cān，古代驾在车前两侧的马）白螭（chī，一种无角的龙），吾与重华游兮瑶之圃。

登昆仑兮食玉英，与天地兮同寿，与日月兮同光……”

我从小就喜欢新奇的服饰，年老后这一爱好仍未减退。
佩长剑，戴高冠，我身穿装饰着珠宝美玉的华服。
世道混浊，无人懂我，我却昂首阔步，我行我素。

清代　唐岱绘《归隐图》轴

在幻想中坐上青龙和白龙驾的车啊，同古代帝王舜一起去仙境中遨游。

登上神山昆仑啊，品尝玉树开出的花朵，真想与天地一样长寿，同日月一样光明灿烂……

这些诗句描绘出屈原对美好光明的向往，可现实的景象却充满感伤：

“哀南夷之莫吾知兮，旦余济乎江湘。

乘鄂渚而反顾兮，欸（āi，感叹，叹息）秋冬之绪风。

步余马兮山皋（gāo，水泽，引申为水边之地），邸（停留）余车兮方林。

乘舲（líng，有窗的小船）船余上沅兮，齐吴榜以击汰（tài，水波）。

船容与而不进兮，淹回水而疑滞。

朝发枉陼（zhǔ，古同‘渚’，指水中小洲）兮，夕宿辰阳。

苟余心其端直兮，虽僻远之何伤？”

哀叹楚国没有人理解我啊，天一亮我就出发，将要渡过长江和湘水。

在鄂渚回望国都啊，慨叹秋冬时节冷风在耳畔呼啸。

我的马慢慢登上山边泽畔，我的车停靠在大片树林边。

坐船沿沅水向上游艰难行进，船夫们奋力地举桨划开水波。

船在水中徘徊打转啊，在漩涡中停滞不前。

洞庭風細
秋水迴波
黃河逆流
細浪漂漂
曉日烘山
雲舒浪卷

南宋　马远绘《水图》卷

屈原在《涉江》中写道：『余幼好此奇服兮，年既老而不衰。带长铗（jiá，这里指剑）之陆离兮，冠切云之崔嵬（cuī wéi，高耸），被明月兮佩宝璐（lù，美玉）。世溷浊而莫余知兮，吾方高驰而不顾。驾青虬（qiú，古代传说中一种有角的龙）兮骖（cān，古代驾在车前两侧的马）白螭（chī，一种无角的龙），吾与重华游兮瑶之圃。登昆仑兮食玉英，与天地兮同寿，与日月兮同光。哀南夷之莫吾知兮，旦余济乎江湘。乘鄂渚而反顾兮，欸（āi，感叹，叹息）秋冬之绪风。步余马兮山皋（gāo，水泽，引申为水边之地），邸（停留）余车兮方林。乘舲（líng，有窗的小船）船余上沅兮，齐吴榜以击汰（tài，水波）。船容与而不进兮，淹回水而疑滞。朝发枉陼（zhǔ，古同「渚」，指水中小洲）兮，夕宿辰阳。苟余心其端直兮，虽僻远之何伤？入溆浦余儃佪（chán huái，徘徊）兮，迷不知吾所如。深林杳（yǎo，幽暗，深广）以冥冥兮，猨狖（yòu，长尾猿）之所居。山峻高以蔽日兮，下幽晦以多雨。霰（xiàn，雪粒，冰珠）雪纷其无垠兮，云霏霏（fēi fēi，浓密盛多）而承宇。哀吾生之无乐兮，幽独处乎山中。吾不能变心而从俗兮，固将愁苦而终穷……』

清早从枉陼出发，夜晚才宿在辰阳。
如果我的心是正直的啊，即便身处偏远之地，又有何妨？

“入溆浦余儃佪(chán huái，徘徊)兮，迷不知吾所如。

深林杳（yǎo，幽暗，深广）以冥冥兮，猨狖（yòu，长尾猿）之所居。

山峻高以蔽日兮，下幽晦以多雨。

霰（xiàn，雪粒，冰珠）雪纷其无垠兮，云霏霏（fēi fēi，浓密盛多）而承宇。

哀吾生之无乐兮，幽独处乎山中。

吾不能变心而从俗兮，固将愁苦而终穷。”

到了溆浦后我彷徨起来，不知哪里才是我的归宿。
密林幽暗、阴森，乃是猿猴的栖居地。
崇山峻岭遮蔽了太阳，多雨雪的山中晦暗无比。
雪花和冰粒漫天飞舞，厚重的云层在天空中弥漫。
哀叹我将了无生趣、孤独地生活在这大山中。
我既不能改变志向去顺应世俗，恐怕会在这里愁苦到终老。

面对溆浦幽深的密林，雨雪交加的寒冷，诗人的心情更加压抑。但他以古人的例子劝慰自己道：

“接舆髡（kūn，古代剃去男子头发的一种刑罚）首兮，桑扈（hù，姓）臝行。

忠不必用兮，贤不必以。

伍子逢殃兮，比干菹醢（zū hǎi，古代一种把人剁成肉酱的酷刑）。

与前世而皆然兮，吾又何怨乎今之人。

余将董道而不豫兮，固将重昏而终身！”

隐士接舆因对时政不满，剃去头发，避世隐居，不肯做官；隐士桑扈以赤身裸体来表达对世俗礼仪的不屑。

忠臣不一定都会得到任用，贤才也不一定都得到了赏识。

忠臣伍子胥被君王赐死，忠臣比干被商纣王剁成肉酱。

既然前代的这些贤人都是如此，我又何必去埋怨当今的人。

我既选择毫不犹豫地坚守正道，就必定会身陷昏暗与纷乱中！

控诉黑暗现实的《卜居》

《楚辞》中的《卜居》记载了屈原在流放后，为解决困惑，去问卜的事情。有观点认为《卜居》是屈原所作，也有学者认为它是后人记载的有关屈原的传说。

《卜居》中记述道：

“屈原既放，三年不得复见。
竭知尽忠，而蔽鄣于谗。
心烦虑乱，不知所从。”

屈原被流放后，三年都没能回京去见楚王。
他竭尽所能地尽忠于朝廷，却因遭谗言陷害而被流放。
他心烦意乱，不知该如何是好。

“往见太卜郑詹尹曰：‘余有所疑，愿因先生决之。’
詹尹乃端策拂龟，曰：‘君将何以教之？’”

屈原去见了执掌占卜之事的郑詹尹，他对郑詹尹说：“我有一些疑惑不解的事，希望得到先生的指点，以供我做出决定。”

詹尹拿出占卜用的蓍草和龟甲，摆好要用的蓍草，擦去龟甲上的灰尘。问道：“先生想讨教些什么？”

“屈原曰：‘吾宁悃悃（kǔn，诚实）款款朴以忠乎，将送往劳来斯无穷乎？宁诛锄草茅以力耕乎，将游大人以成名乎？宁正言不讳以危身乎，将从俗富贵以媮生乎？宁超然高举以保真乎……宁廉洁正直以自清乎……宁昂昂若千里之驹乎，将氾氾若水中之凫（fú，野鸭）乎，与波上下，偷以全吾躯乎？宁与骐骥（qí jì，千里马）亢轭（è，驾车时搁在牛马颈上的曲木）乎，将随驽（nú，劣马）马之迹乎？宁与黄鹄（hú，天鹅）比翼乎，将与鸡鹜（wù，鸭子）争食乎？此孰吉孰凶？何去何从？世溷（hùn，肮脏）浊而不清：蝉翼为重，千钧为轻；黄钟毁弃，瓦釜（fǔ，一种炊具）雷鸣；谗人高张，贤士无名。吁嗟默默兮，谁知吾之廉贞！’”

屈原把自己心中的疑惑说了出来。

屈原说："您说我是应该老老实实地秉持自己的原则呢；还是应该放弃自己的原则去迎合世人，与那些达官贵人迎来送往？您说我是该勤勤恳恳地致力于除草耕作，持守廉洁清正，让那些人继续讨厌我；还是应该游走于达官贵人之中，获取他们的好感？我是该坚持直言不讳来使自身陷入危机；还是该顺应世俗，迎合富贵者来苟且偷生？我是该超然脱俗保持自身的高洁；还是该阿谀奉承，圆滑逢迎？您说我是应该做一匹自傲不羁、驰骋于疆场的千里马呢；还是该像只平庸的鸭子那样在水中随波逐流来保全自己？我是应该和良马一起并驾齐驱呢，还是应该跟随劣马的足迹？是应该与黄鹄一起在天上比翼翱翔呢；还是应该在地上和鸡鸭一起争食？这些选择哪是吉哪是凶？我到底该何去何从？当今的世界已经清浊不分，轻薄的蝉翼被认为是重的，千钧的分量却被认为是轻的；谗言献媚的人被重用，官居高位、贤能的人却被抛弃和贬低。我默默地独自哀叹，有谁知道我的廉洁忠贞啊！"

"詹尹乃释策而谢，曰：'夫尺有所短，寸有所长；物有所不足，智有所不明；数有所不逮，神有所不通。用君之心，行君之意。龟策诚不能知事。'"

郑詹尹觉得，屈原的这些疑惑和苦闷，其实是问卦所不能解决的。他放下占卜用的蓍草和龟甲，满怀歉意地对屈原说：

舞乐图

选自《钦定补绘萧云从离骚全图》。『卜居』的意思是占卜自己该怎么处世。《卜居》这篇文章记述了屈原的一件逸事。屈原被放逐三年之后，去向太卜郑詹尹问卜。诗句通过描述屈原向郑詹尹的连续发问，道出了屈原对人生道路、处世原则的困惑，以及他对黑白颠倒、清浊混淆的现实的震惊和愤慨，揭露了当时政治的黑暗，歌颂了屈原坚持真理、不愿与浊世同流合污的斗争精神。

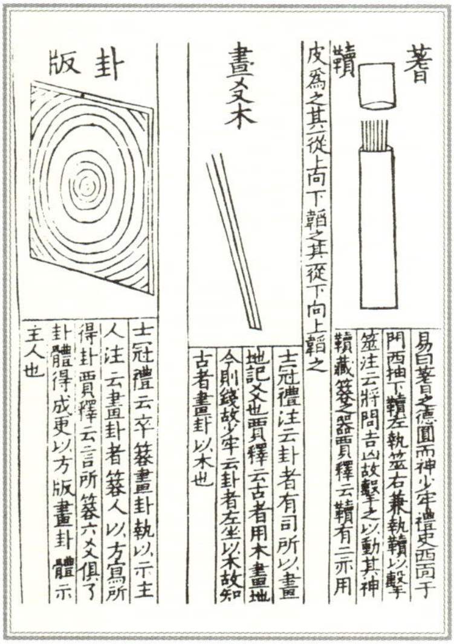

筮具三图

选自《新订三礼图》。为占筮所用之工具。

三间大夫，卜居渔父

选自《钦定补绘萧云从离骚全图》。

明代　陈洪绶绘《卜居图》

绢本立轴。

宋代 李公麟绘《苦吟图》卷（局部）

《卜居》中记述道：『屈原既放，三年不得复见。竭知尽忠，而蔽鄣于谗。心烦虑乱，不知所从。』体现了屈原悲苦的心情。

金　张珪绘《神龟图》卷

绢本设色。北京故宫博物院藏。古代打卦要用龟甲，所以，历代画家喜绘神龟较长。屈原让执掌占卜之事的郑詹尹卜卦，詹尹拿出占卜用的蓍草和龟甲，摆好要用的蓍草，擦去龟甲上的灰尘。问道：『先生想讨教些什么？』『屈原曰：「吾宁悃悃（kǔn，诚实）款款朴以忠乎，将送往劳来斯无穷乎？宁诛锄草茅以力耕乎，将游大人以成名乎？宁正言不讳以危身乎，将从俗富贵以媮生乎？宁超然高举以保真乎……宁廉洁正直以自清乎……宁昂昂若千里之驹乎，将氾氾若水中之凫（fú，野鸭）乎，与波上下，偷以全吾躯乎？宁与骐骥（qí jì，千里马）亢轭（è，驾车时搁在牛马颈上的曲木）乎，将随驽（nú，劣马）马之迹乎？宁与黄鹄（hú，天鹅）比翼乎，将与鸡鹜（wù，鸭子）争食乎？此孰吉孰凶？何去何从？世溷（hùn，肮脏）浊而不清：蝉翼为重，千钧为轻；黄钟毁弃，瓦釜（fǔ，一种炊具）雷鸣；谗人高张，贤士无名。吁嗟默默兮，谁知吾之廉贞！」』

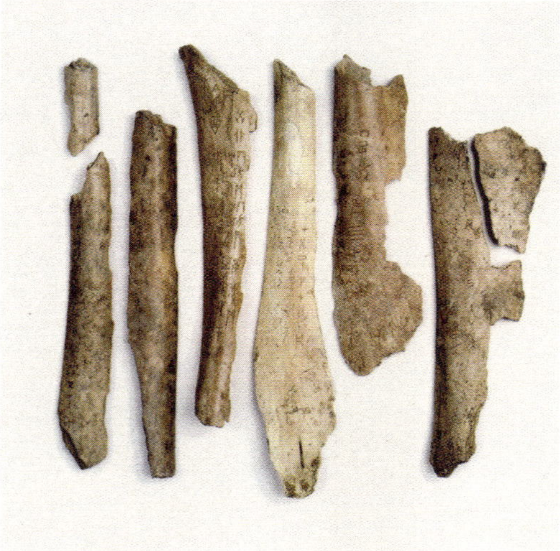

甲骨文

图中为龟腹甲和牛骨的节段，有卜辞。现藏于美国芝加哥艺术学院。甲骨文是古人卜卦写的卦辞，事实上，占卜者也知道问卦是不能解决所有事情的，所以，郑詹尹听完屈原的疑惑和苦闷后，放下占卜用的蓍草和龟甲，满怀歉意地对屈原说：『尺有尺的短处，寸有寸的长处，天下的事物皆有自身的不足，智慧再大的人也不见得能洞悉一切。占卜有灵验的时候，但也有它算不到、测不准的事。先生还是听从您内心的指引，遵循您自己的意志行事吧。龟甲和蓍草的占卜，也不能帮助您弄明白这些事情啊。』

商代　青玉龟腹形佩

“尺有尺的短处，寸有寸的长处，天下的事物皆有自身的不足，智慧再大的人也不见得能洞悉一切。占卜有灵验的时候，但也有它算不到、测不准的事。先生还是听从您内心的指引，遵循您自己的意志行事吧。龟甲和蓍草的占卜，也不能帮助您弄明白这些事情啊。”

《卜居》这篇文章，通过屈原与郑詹尹的问答，呈现出屈原被流放后的痛苦和愤懑，以及他对人生选择的思考。文章通过屈原问卜时向郑詹尹倾诉的一系列困惑，以“世溷浊而不清：蝉翼为重，千钧为轻；黄钟毁弃，瓦釜雷鸣”等激昂、有力的诗句，展示出屈原对黑白不分的现实世界的揭露与控诉。

《渔父》是《楚辞》中的一篇短文，有观点认为《渔父》为屈原所作，也有观点认为《渔父》是宋玉或战国时期的楚国人为屈原而作的。

《渔父》这篇文章记述了流放时的屈原在江边遇到了一位隐士渔父。通过屈原和渔父的对话，展现了屈原与渔父两种不同性格的人所拥有的不同的处世态度。

“屈原既放，游于江潭，

行吟泽畔，颜色憔悴，形容枯槁。”

屈原投水

选自《人镜阳秋》。屈原在悲愤中写下了他的最后一首诗《怀沙》，这也是他临终前的绝命词。公元前278年，农历五月五日，报国无门的屈原在绝望中决定以身殉国。他怀抱一块大石头，跳入了湘水的支流汨罗江。

屈原被放逐到湘水旁后，常在江潭边散步。

他一边走一边吟唱着诗句，看上去愁容满面，憔悴消瘦。

“渔父见而问之曰：‘子非三闾大夫与？何故至于斯？’

屈原曰：‘举世皆浊我独清，众人皆醉我独醒，是以见放。’”

一位隐居在江滨以钓鱼为乐的隐士渔父，在江边遇到了满面愁容的屈原。他问屈原：“您不是三闾大夫吗？为什么来到这里？”

屈原说：“因为天下浑浊，我却独自清白着；因为世人都醉了，唯独我还清醒着，所以我被放逐到了这里。”

“渔父曰：‘圣人不凝滞于物，而能与世推移。

世人皆浊，何不淈（gǔ，搅混）其泥而扬其波？
众人皆醉，何不餔其糟而歠（chuò，饮）其酾（lí，薄酒）？
何故深思高举，自令放为？’”

渔父听了屈原的话，劝道：“圣人应不拘泥于万事万物，能随机应变以适应世道的发展变化。既然这人世已浑浊不堪，那您何不与世人一样随波逐流？既然众人皆醉，您何不也举杯痛饮，一醉方休？您何故要深思熟虑，自求清高，却落到被放逐的地步呢？”

“屈原曰：‘吾闻之：新沐者必弹冠，新浴者必振衣。
安能以身之察察，受物之汶汶（mén，污浊）者乎？
宁赴湘流，葬于江鱼之腹中。
安能以皓皓之白，而蒙世俗之尘埃乎？’”

屈原说：“我听说刚洗过头发的人一定会弹掉帽子上的灰尘，刚洗过澡的人一定会抖干净衣服。高洁的人怎么能让洁净的头发和身体沾染上尘埃？我情愿投身于湘江的流水中，葬身于江鱼腹中，也不愿被污秽的世俗玷污。难道我该让清白之躯蒙上世俗的尘垢吗？”

“渔父莞尔而笑，鼓枻（yì，船桨）而去。
歌曰：‘沧浪之水清兮，可以濯（zhuó，洗）吾缨；
沧浪之水浊兮，可以濯吾足。’
遂去，不复与言。”

明代　王绂绘《江山渔乐图卷》

现藏于美国大都会艺术博物馆。此图描绘的是渔父与士大夫的生活。图中江干沿岸，林木郁郁葱葱，渔舍水榭掩映在河流水草之中。岸石掩映间，水面上停有数只小舟，渔人在舟上或垂钓，或歌唱。屋内的人或促膝对饮，或凭栏观钓，画法清丽淡雅，人物神采逼人，艺术价值极高。渔父的主题象征着远离尘嚣的绝佳去处，对于当时处于元末明初乱世的人而言应是一个无限向往的地方。这一主题和表现的中心思想与屈原的《渔父》亦有相同之处。

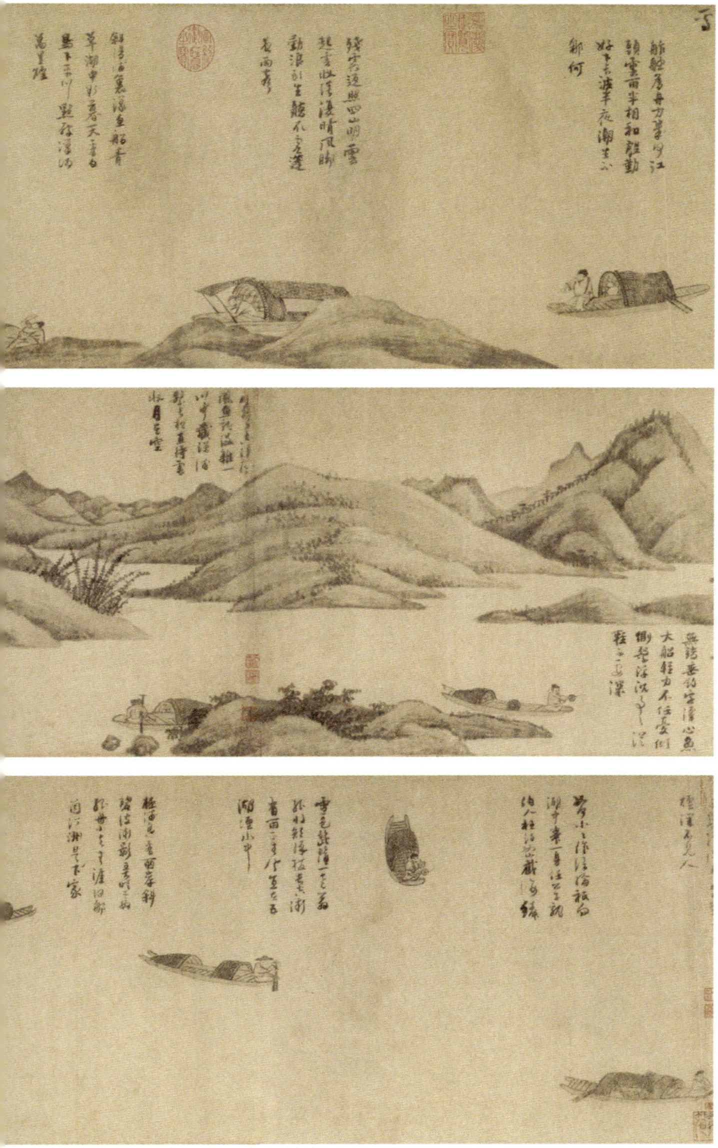

元代　吴镇绘《渔父图卷》

现藏于上海博物馆。画中描绘的是宽广的江面，江雾缥缈，渔人撑船往来，给人以静谧、远离尘嚣之感。在中国古代，渔、樵、耕、读常常被文人士大夫视为理想化的生活方式，并常被用作文艺作品的主题，以表达作者避世遁隐的愿望，其中尤以『渔隐』的素材最为普遍。时至元代，汉族文人仕进无门，社会地位骤降，江南士人遭遇尤甚。于是，『渔隐』就更频繁地出现在绘画作品中，其中以此幅《渔父图卷》最为典型。

渔父听了屈原的话，见屈原如此坚定，便不再和屈原理论。他笑着划动船桨离开了江岸。

江风中飘荡着渔父的吟唱，渔父唱道：“沧浪之水清又清啊，可以用来洗我的帽缨；沧浪之水浊又浊啊，可以用来洗我的脚。”

屈原被流放后心中充满愁苦，他崇尚高洁，清明勤政，不惧权贵，直言进谏，辅佐君主，却惨遭流放。流放带来的精神痛苦折磨着屈原，他得不到君主的认同，不能再效力于楚国，在偏远的流放地冥思独处，内心饱受煎熬。当他在江边遇到渔父时，渔父用沧浪歌来劝屈原顺应世俗，随机应变，不管人世清浊，都能在清浊之间游刃有余地自得其乐。可屈原有着与渔父不同的人生态度，他既不能与浊世同流合污，又不能抛弃心中的报国之志。

明代　唐寅绘扇面《渔父图》

他无法像渔父那样独善其身，不问世事，归隐江滨。

《渔父》这篇文章富于哲理，揭示出渔父和屈原两种不同性格的人拥有的截然不同的人生态度。一种是“淈其泥而扬其波”的顺应世俗，随波逐流，以求自得其乐；另一种是“宁赴湘流，葬于江鱼之腹中”，宁折不弯地保持自我清醒，绝不向世俗妥协。

大气磅礴的《天问》

《天问》是《楚辞》中的一篇奇特的长诗，全诗由问句组成。诗中一句接一句地提出一百多个问题，这首由提问组成的诗歌，形式新颖，大气磅礴，极具才华和想象力，被誉为中国古典诗歌中的千古奇作。

据考证，《天问》是屈原在被放逐后所写。那时的屈原充满了对人世的迷茫和疑问。他游走于山河，以诗句向天地发问，不断寻求解决现实困境的途径。

在《天问》的开篇，屈原问道：

“遂古之初，谁传道之？

《天问图》

选自清代萧云从绘《楚辞图注》。《天问》提出了涉及宇宙生成、自然变化、神话故事、历史传说、社会现实等天地万物、古往今来等各种问题。关于《天问》的创作，东汉王逸的《楚辞章句》曰：『屈原放逐，忧心愁悴。彷徨山泽，经历陵陆。嗟号昊旻，仰天叹息。见楚有先王之庙及公卿祠堂，图画天地山川神灵，琦玮僪佹，及古贤圣怪物行事。周流罢倦，休息其下，仰见图画，因书其壁，何而问之』乃成《天问》。萧云从所绘《天问》插图，涵盖了山川灵异、奇异见闻等所有内容，他画的每一幅图都精心设计，人物情态、服饰器物都因事而异，画面布局富于变化，可以说是用艺术完美诠释了《天问》。

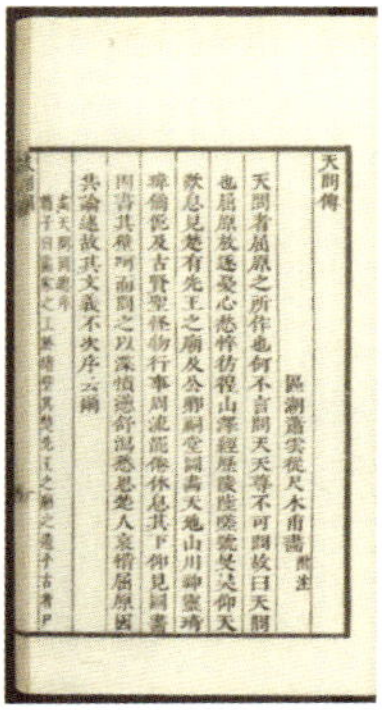

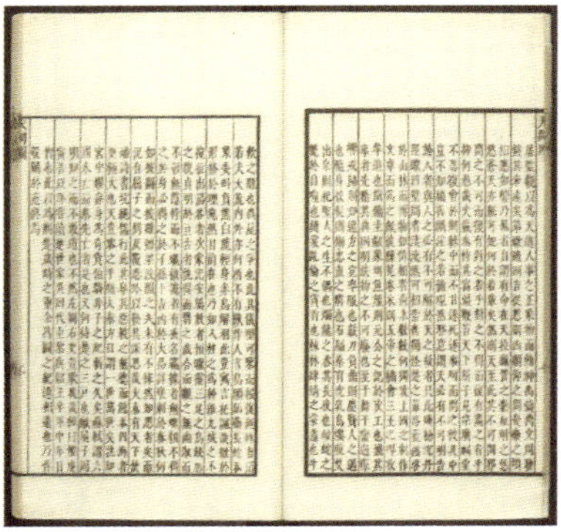

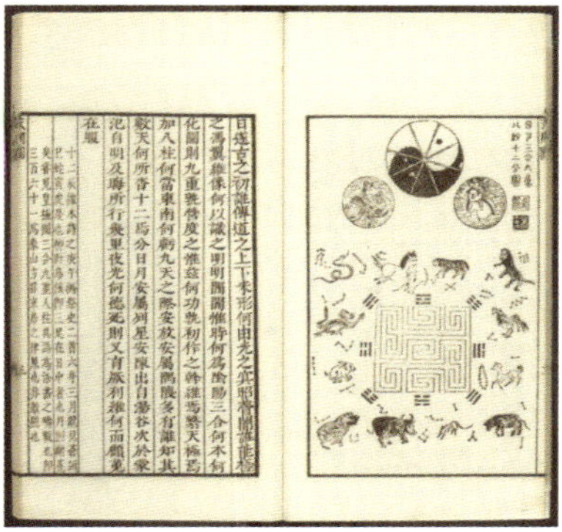

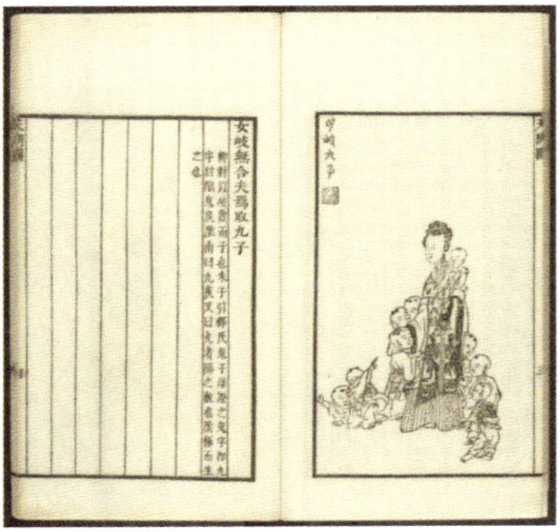

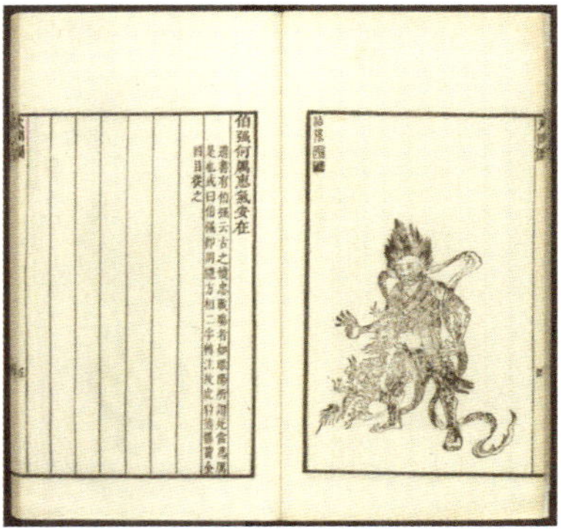

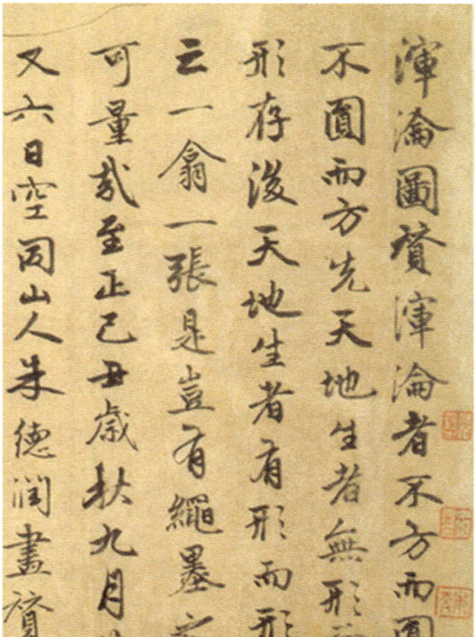

元代　朱德润绘《浑沦图》（局部）

纸本水墨。上海博物馆藏。在《天问》的开篇，屈原问道：『遂古之初，谁传道之？上下未形，何由考之？冥昭瞢（méng，昏暗模糊）暗，谁能极之？冯翼惟像，何以识之？明明暗暗，惟时何为？阴阳三合，何本何化？圜（yuán，天体）则九重，孰营度之？惟兹何功，孰初作之？斡（guǎn，旋转）维焉系，天极焉加？八柱何当，东南何亏？九天之际，安放安属？隅隈（wēi，弯曲的地方）多有，谁知其数？天何所沓（tà，合）？十二焉分？日月安属？列星安陈？出自汤谷，次于蒙汜（méng sì，指日落之处）。自明及晦，所行几里？夜光何德，死则又育？』

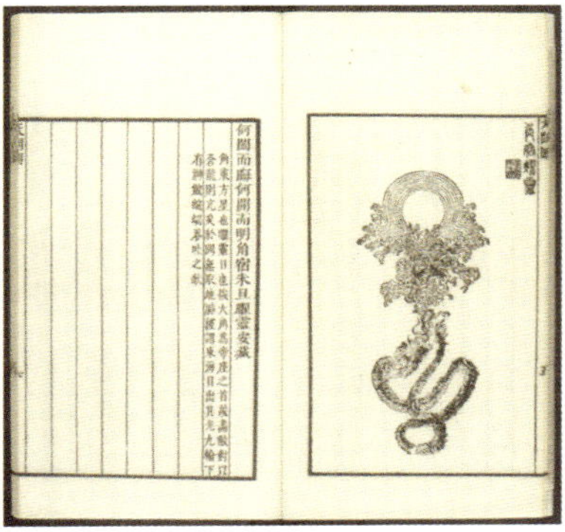

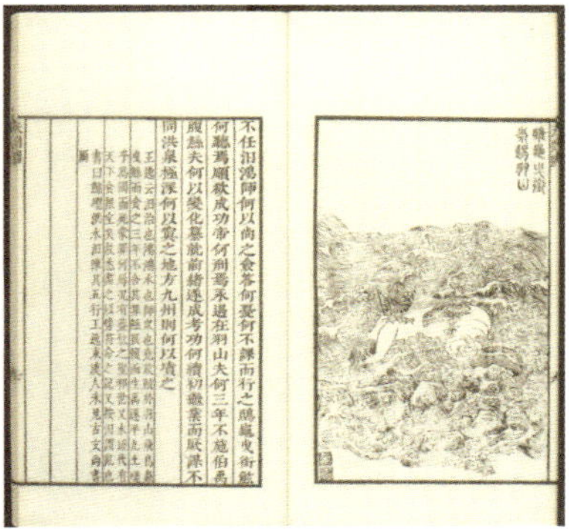

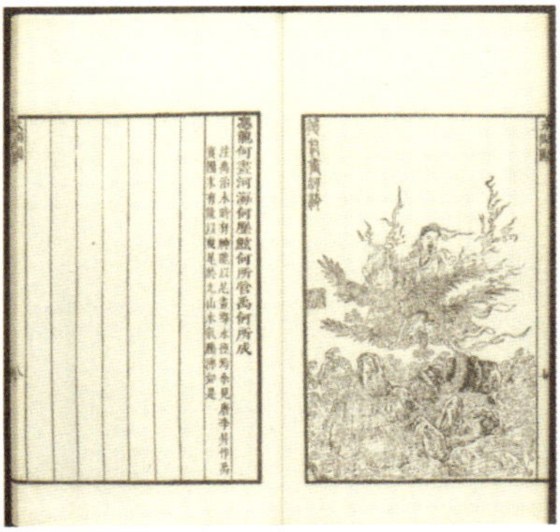

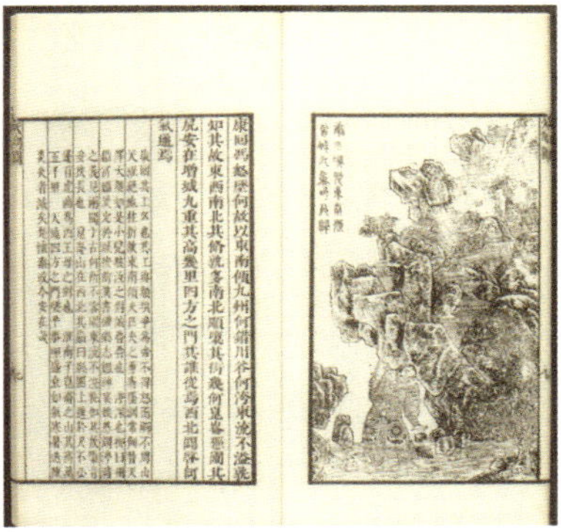

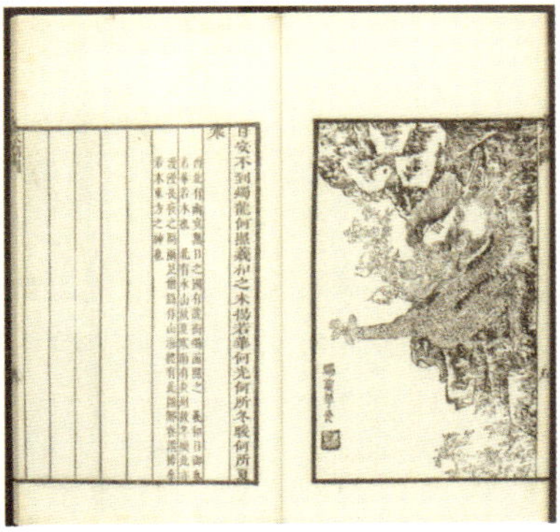

上下未形，何由考之？

冥昭瞢（méng，昏暗模糊）暗，谁能极之？

冯翼惟像，何以识之？

明明暗暗，惟时何为？

阴阳三合，何本何化？

圜（yuán，天体）则九重，孰营度之？

惟兹何功，孰初作之？

斡（guǎn，旋转）维焉系，天极焉加？

八柱何当，东南何亏？

九天之际，安放安属？

隅隈（wēi，弯曲的地方）多有，谁知其数？

天何所沓（tà，合）？十二焉分？

日月安属？列星安陈？

出自汤谷，次于蒙汜（méng sì，指日落之处）。

自明及晦，所行几里？

夜光何德，死则又育？”

在远古的最初时期，是谁将道流传下来的？

尚未成形的天地，是由什么产生的？

黑夜和白昼不分、阴阳混沌的情形，是谁探究出来的？

既然天地混沌一片，一切都隐在大气之中，又是谁把太初之时的天地与万物识别出来的？

黑夜与白昼交替出现，黑暗与光明的变幻是由谁来主导的？

阴阳与天三者相合而生万物，这规律是由谁来主宰的，阴阳

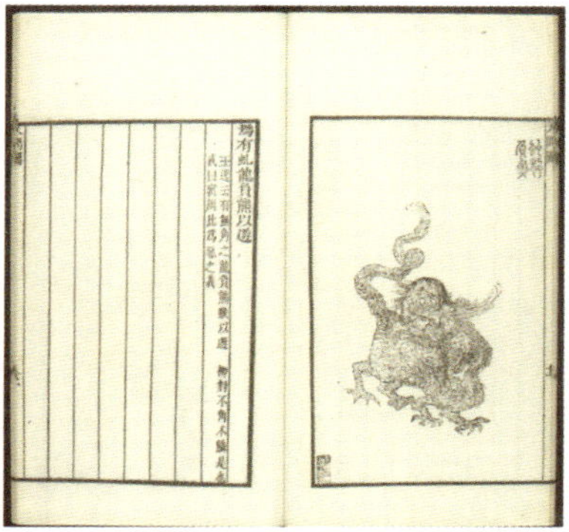

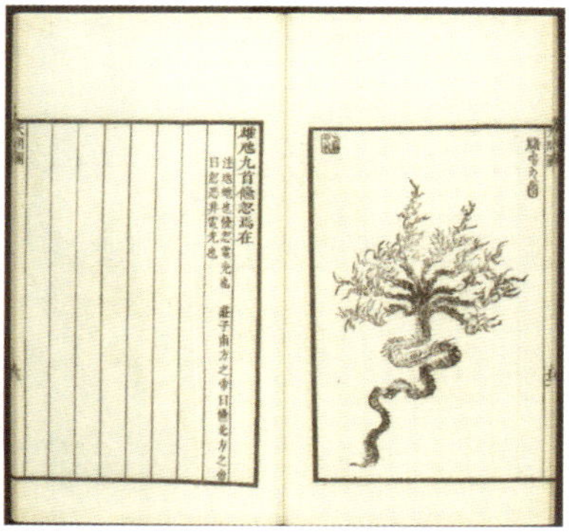

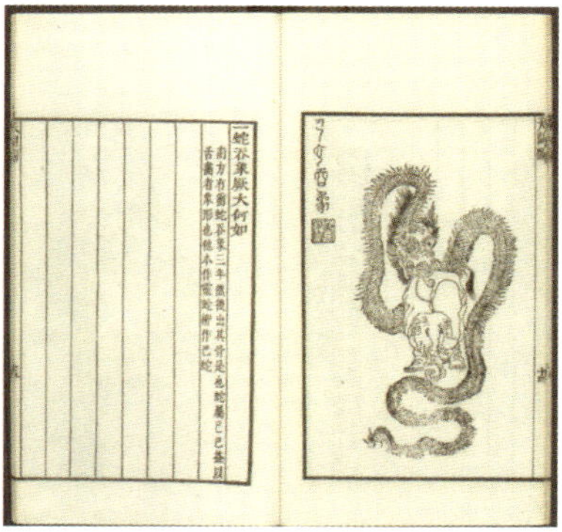

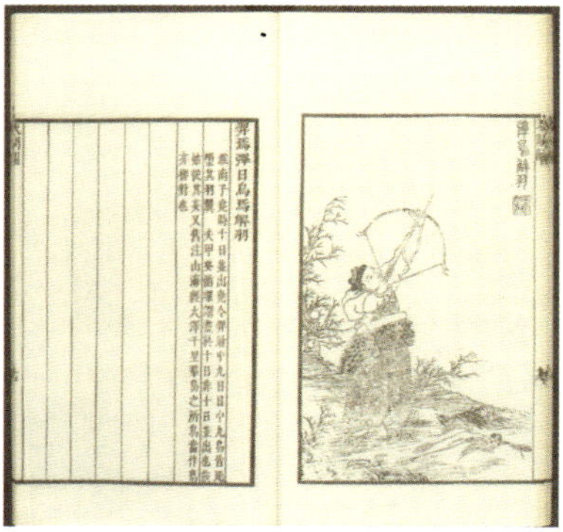

南北朝　张僧繇绘《二十八星宿图》

绢本。现藏于日本大阪市立美术馆。

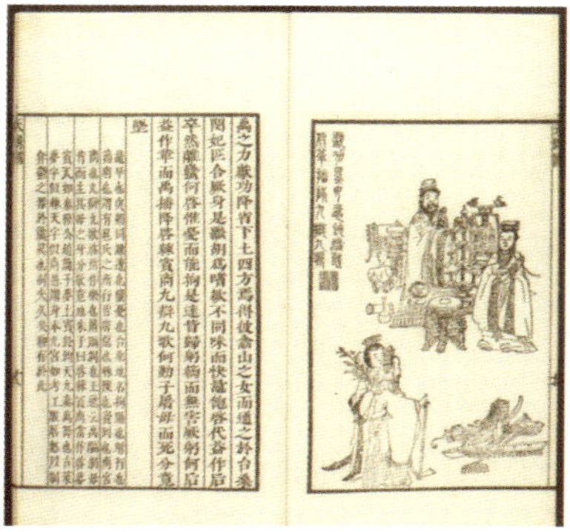

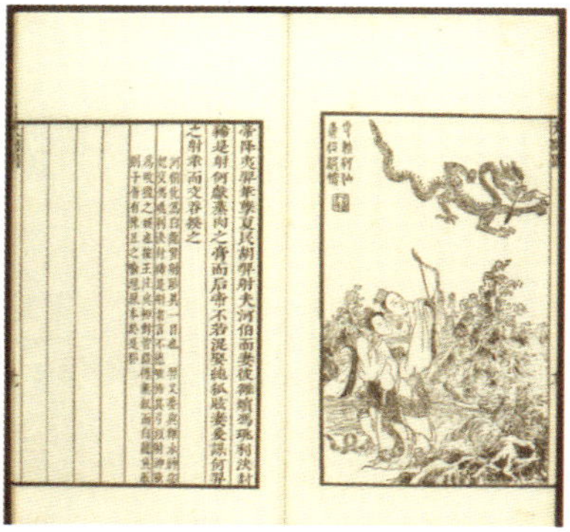

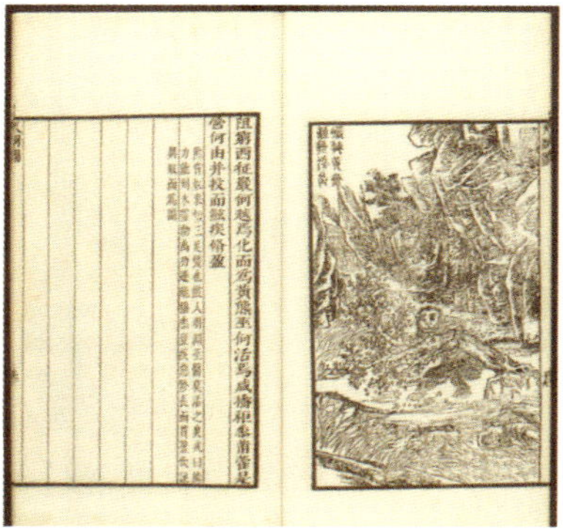

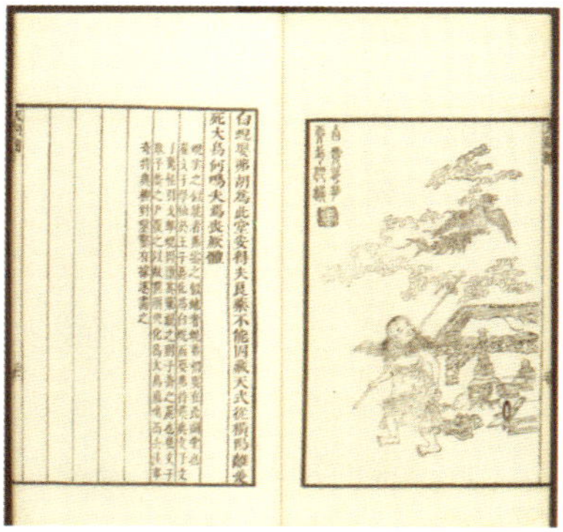

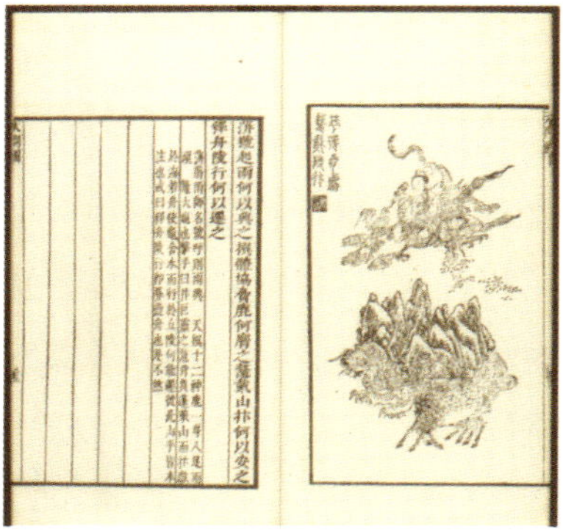

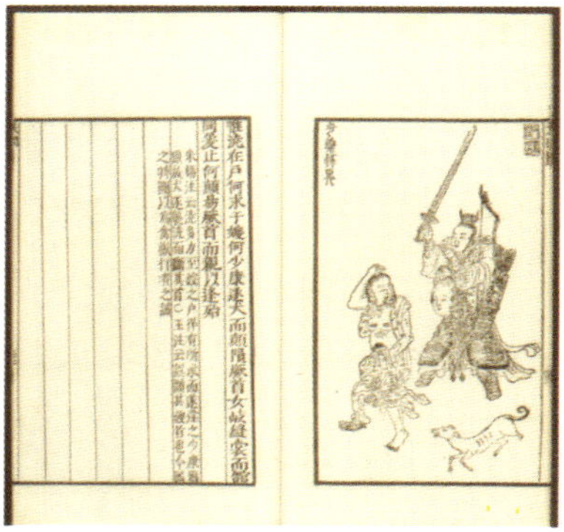

的转化是由什么来推动的？

传说天分为九重，这九重天是谁测量划分出来的？

营造九重天这么宏大的工程，是由谁来设计兴建的？

维系天体旋转的大轴系在哪里？天体的最远处又位于何处？

传说中撑起天的八根擎天柱支在哪里？既然有八根柱子支撑着，为什么大地的东南会比西北低？

九重天的天际，尽头在哪里，连接于何处？

天地间的角落那么多，河流的弯道那么多，谁能清点出它们的数目？

天与地在哪里会合？纪年的十二宫位是怎么划分出来的？

太阳和月亮何以会在它们各自的轨道中运行，天上众多的星辰是靠着什么找到自己的位置，而在天空中星罗棋布地各安其位？

太阳早上从汤谷升起，夜晚落入蒙汜，从早晨到夜晚，太阳的行程有多少里？

月亮到底遵循着什么规律，竟然由圆到缺，又能由缺复圆？

……

在两千多年前的战国时期，屈原仰望天宇，俯瞰大地，观测日月星辰，凝望山川河谷，他提出过的这些千古疑问，也是春秋战国以来的许多学者不断探究、渴望得到解答的问题。

屈原发出了对宇宙的疑问后，又接连在诗句中向天发问了关于上古传说和历史中一些让人疑窦丛生的怪事。

比如关于鲧（gǔn）治理洪水的疑问。

鲧是中国上古时期神话传说中的人物。姓姒，字熙，是中国上古部落联盟首领，“五帝”之一颛顼（zhuān xū）的儿子。

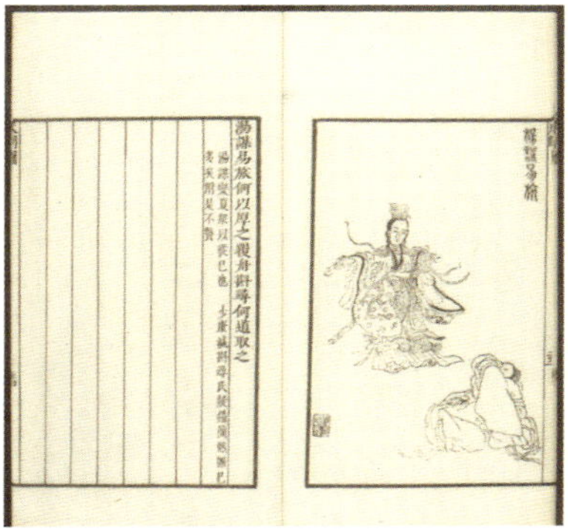
湯謀易旅何以厚之覆舟斟尋何道取之

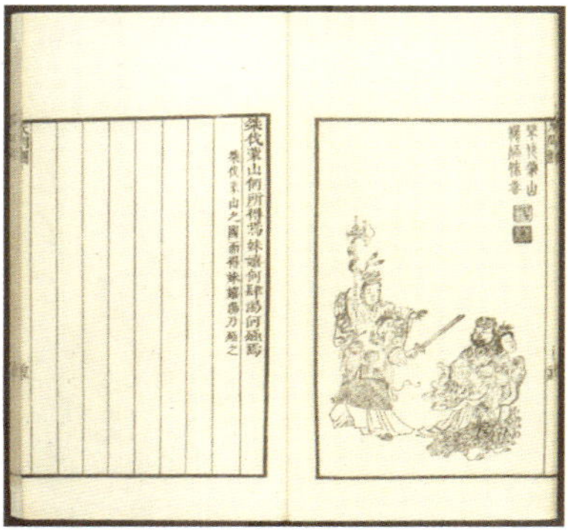
桀伐蒙山何所得焉妹嬉何肆湯何殛焉

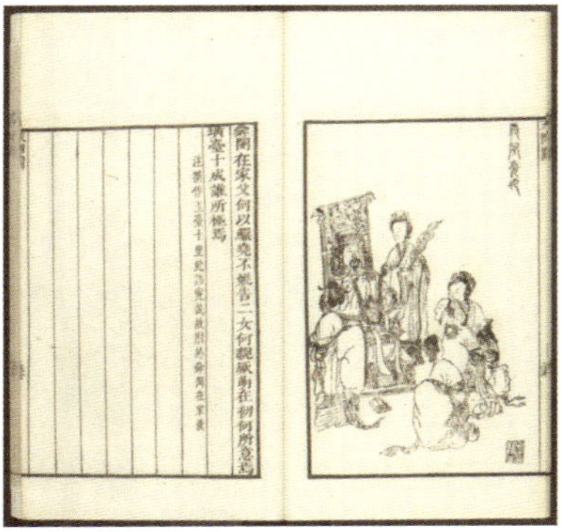
舜閔在家父何以鱞堯不姚告二女何親厥萌在初何所億焉
璜臺十成誰所極焉

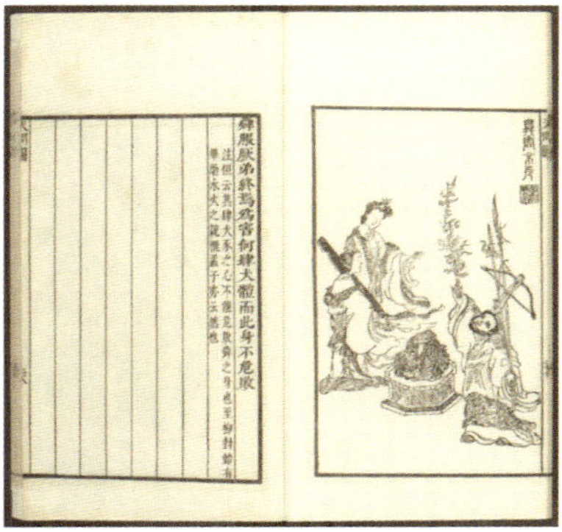
舜服厥弟終焉為害何肆犬體而此身不危敗

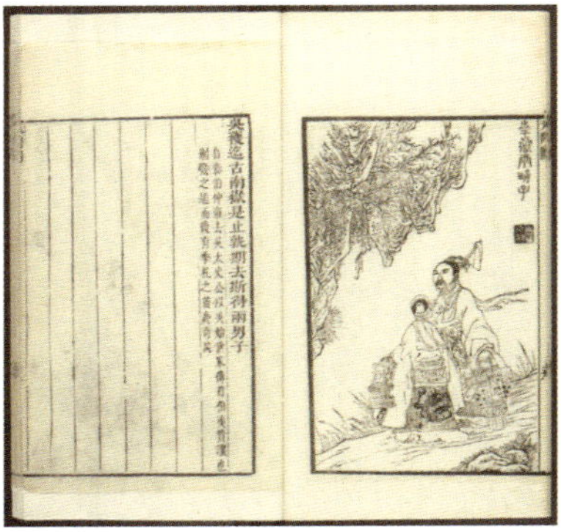
吳獲迄古南嶽是止孰期去斯得兩男子

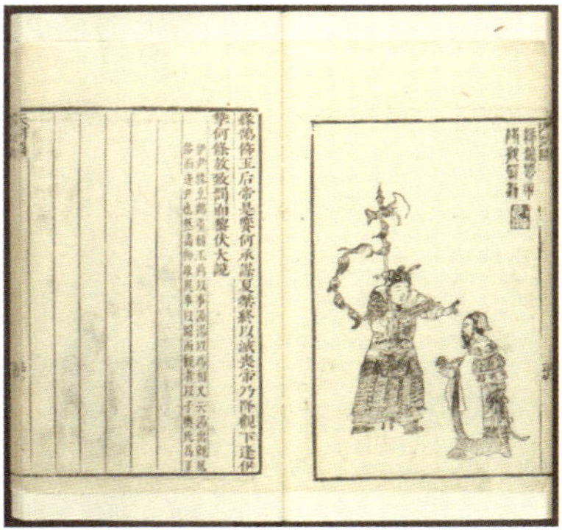
緣鵠飾玉后帝是饗何承謀夏桀終以滅喪帝乃降觀下逢伊
摯何條放致罰而黎服大說

唐人绘《大禹治水图》轴

鲧是大禹的父亲。当四方的诸侯长推荐鲧治理洪水时，尧并不同意，他认为鲧的性格孤傲，品德不佳，不同意任用鲧。四方诸侯长都劝尧说，虽然鲧的性格不太好，但在治理洪水这件事上，没有比鲧更适合的人选了，不如就让他试试吧。尧勉强同意了，任用了鲧，让鲧去治水。鲧带着百姓寻找各种堵截洪水的方法，他们不断地筑起堤坝，却仍然堵不住肆虐的洪水。他们一次次艰难地筑起大堤，大堤却一次次被洪水冲垮。鲧与洪水苦战了九年，累得筋疲力尽。直到他年老力衰，依然没能成功治理水患，而被尧下令处决于羽山。鲧的行为明明是为万民造福，却因治水失败，被杀于羽山。屈原在《天问》中问道：『不任汩鸿，师何以尚之？佥（qiān，众人）曰何忧？何不课而行之？鸱（chī）龟曳衔，鲧何听焉？顺欲成功，帝何刑焉？永遏在羽山，夫何三年不施？』

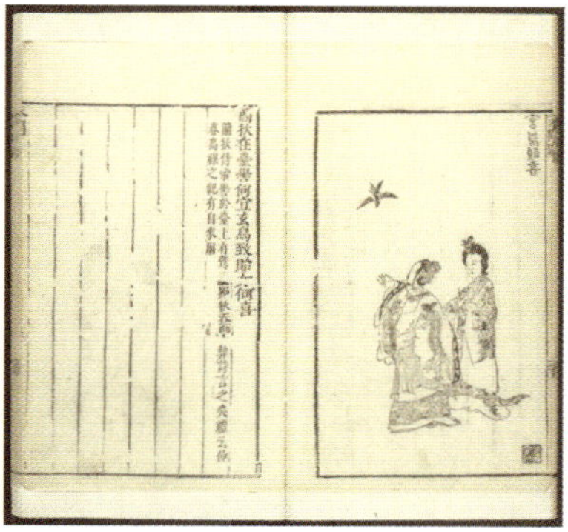

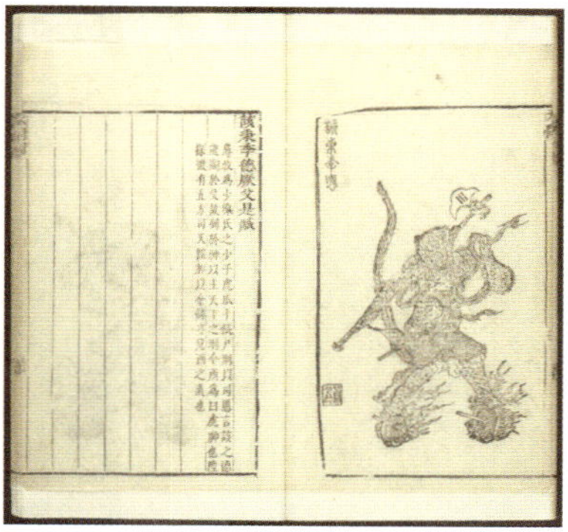

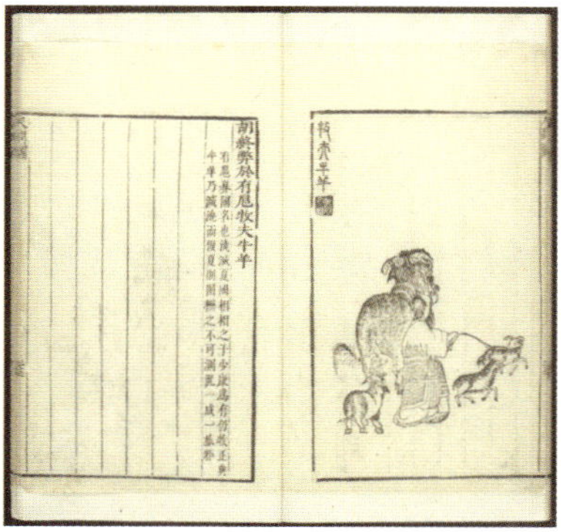

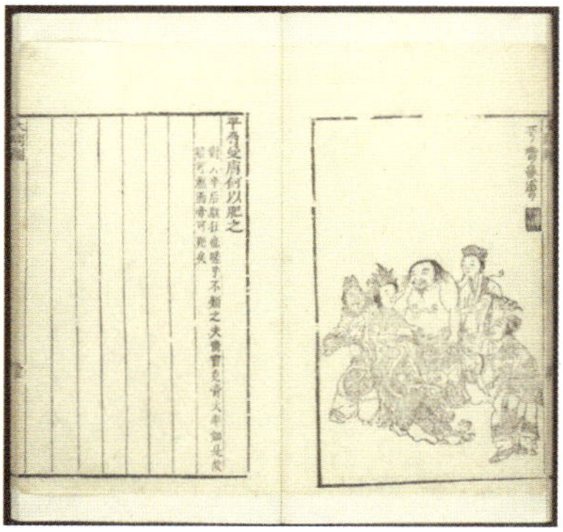

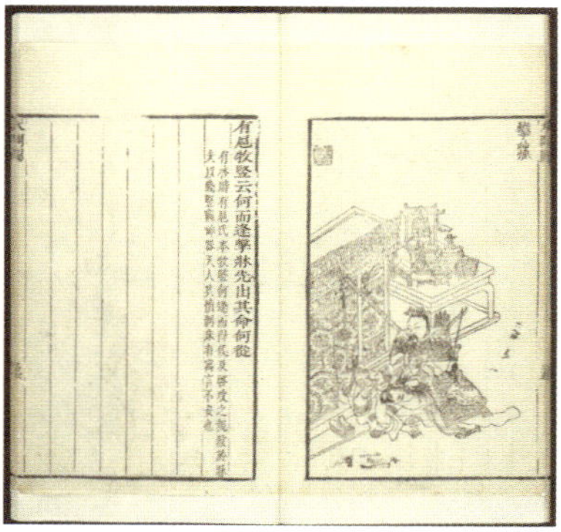

关于鲧治理洪水的传说，有很多版本。

其中一个版本传说，在五帝时期，地上突然发生了一场巨大的洪灾，洪水滔天，庄稼和房屋被冲毁，民不聊生。

在这危急的情况下，上古时期的部落联盟首领尧（yáo）召集四方的诸侯长商议说，洪水滔天，来势汹涌，山川被毁，百姓无法生活，你们知道有谁能治理洪水吗？

四方的诸侯长都推荐鲧，说鲧可以治理洪水。

但尧不同意，他认为鲧的性格孤傲，品德不佳，不同意任用鲧。

四方诸侯长都劝尧说，虽然鲧的性格不太好，但在治理洪水这件事上，没有比鲧更适合的人选了，不如就让他试试吧。

尧勉强同意了，任用了鲧，让鲧去治水。

鲧带着百姓寻找各种堵截洪水的方法，他们不断地筑起堤坝，却仍然堵不住肆虐的洪水。他们一次次艰难地筑起大堤，大堤却一次次被洪水冲垮。

鲧与洪水苦战了九年，累得筋疲力尽。直到他年老力衰，依然没能成功治理水患，而被尧下令处决于羽山。

鲧的行为明明是为万民造福，却因治水失败，被杀于羽山。屈原在《天问》中问道：

“不任汩鸿，师何以尚之？
佥（qiān，众人）曰何忧？何不课而行之？
鸱（chī）龟曳衔，鲧何听焉？
顺欲成功，帝何刑焉？
永遏在羽山，夫何三年不施？”

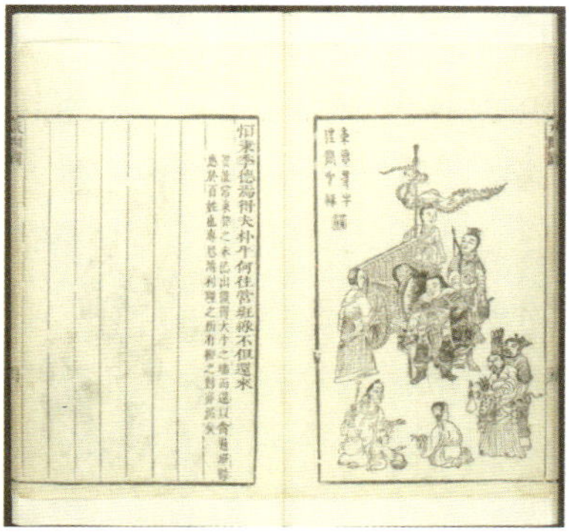

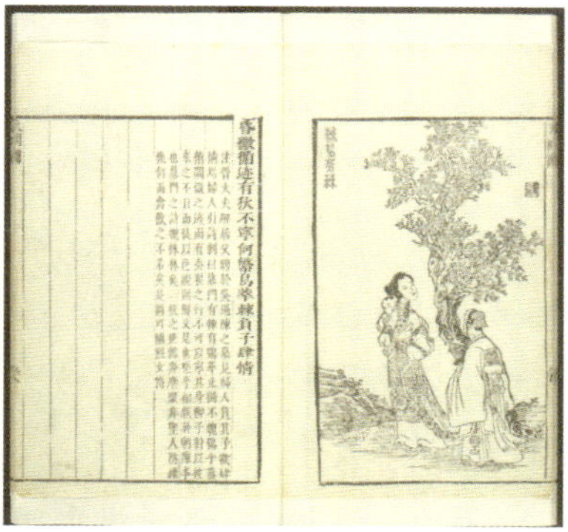

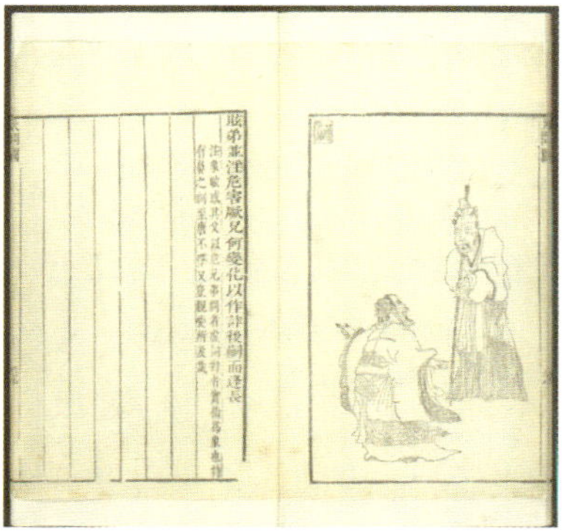

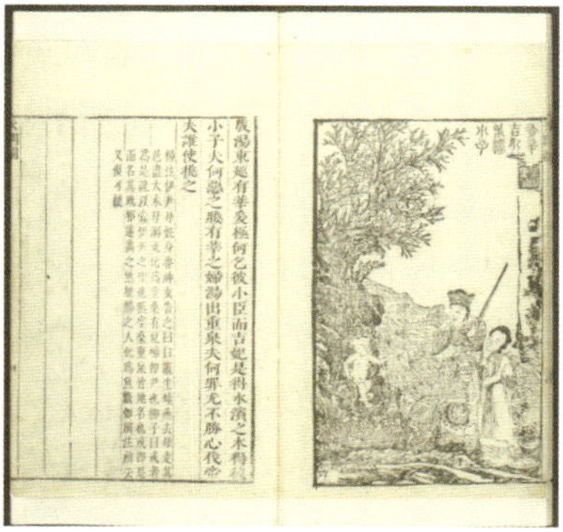

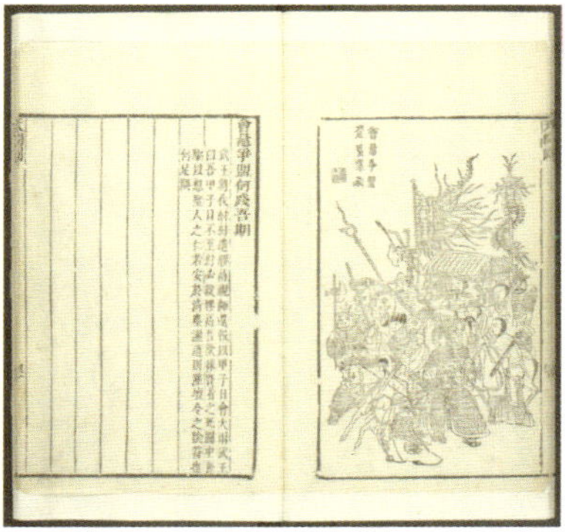

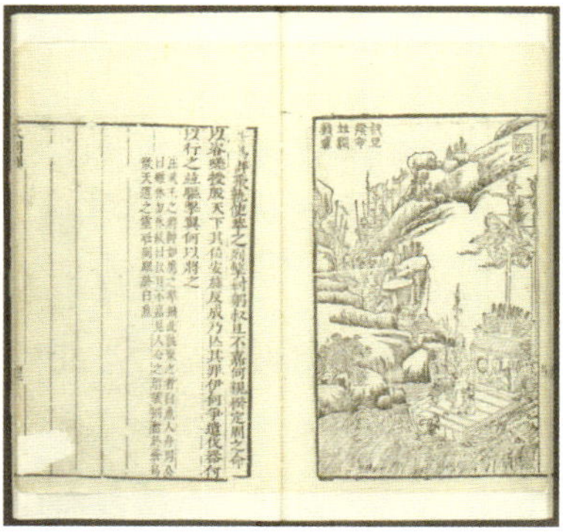

这几句诗的意思是，如果鲧不能胜任治水的工作，众人为什么会异口同声地说不必担忧鲧的性格，可以让鲧去试试，而极力地推举鲧去治水？传说鲧要去下界治水的时候，有鸱龟为他引路，鲧又是如何接受了鸱龟的指引？鲧治理洪水的工作马上就要大功告成，尧帝为什么又要杀他呢？尧帝长久地把鲧扣押在羽山，为何三年还不放他？

鲧为了帮助百姓治理洪水却被杀害的传说，让屈原耿耿于怀，屈原借《天问》为耿直、善良的鲧抱不平，提出了一连串的疑问。在《天问》中，屈原还问到了神话传说中后羿是怎样射下九个太阳的；嫦娥是从哪里得到长生不死之药的；神仙居住的昆仑山和雨神、风神等仙界的疑问。屈原接着又对夏桀、商汤、周武王、周公旦、商纣王、周昭王、周穆王、周幽王、齐桓公等历史上的君王的一些事发出了疑问。比如，在对齐桓公的疑问里，屈原借问话寻求天道真理，同时也反映出他自身对人间万象及历史事件的态度和立场。

“天命反侧，何罚何佑？
齐桓九会，卒然身杀。
彼王纣之躬，孰使乱惑？
何恶辅弼，谗谄是服？
比干何逆，而抑沉之？
雷开阿顺，而赐封之？
何圣人之一德，卒其异方？”

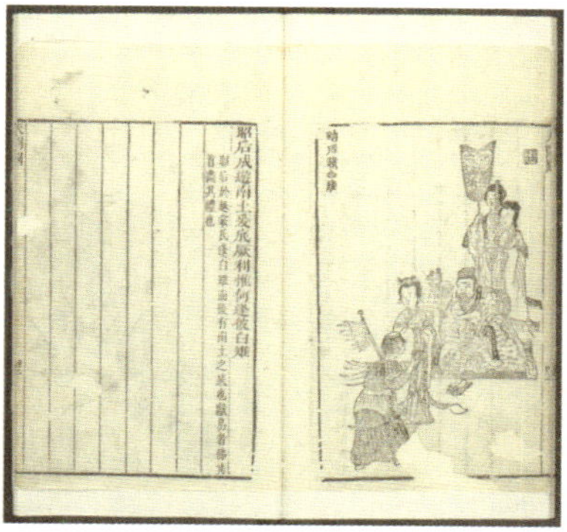

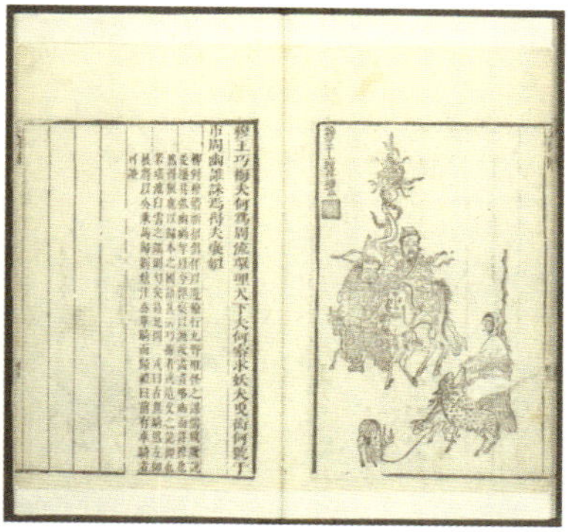

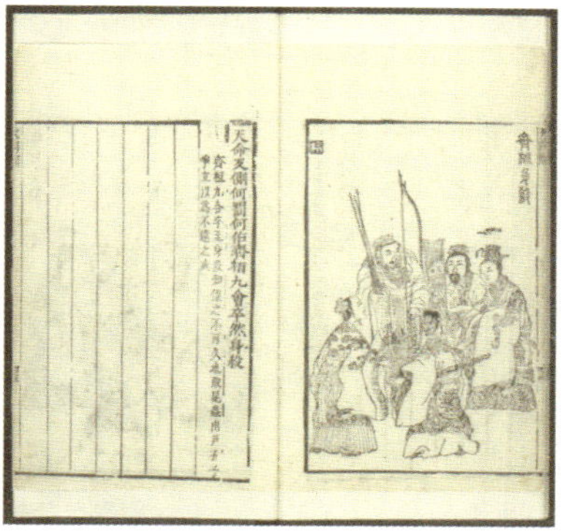

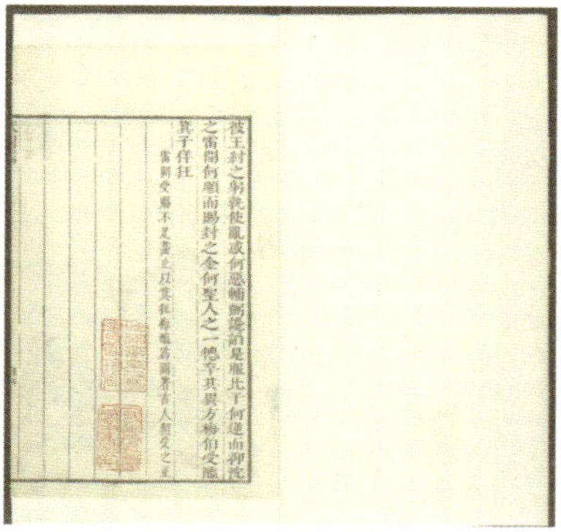

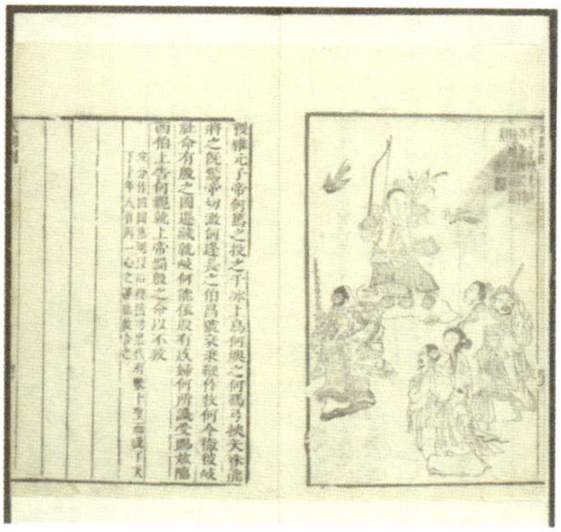

宋代　赵伯驹绘《王母宴瑶池图》卷（局部）

图中描绘的是周穆王前往瑶池拜见西王母的情景。

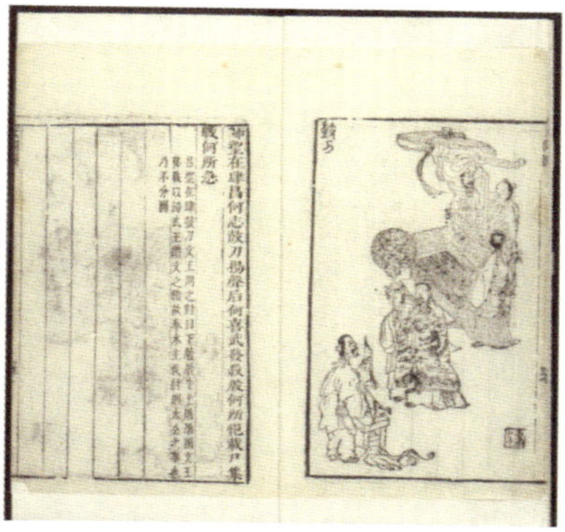
師望在肆昌何志鼓刀揚聲后何喜武發殺殷何所悒載尸集
戰何所急

伯林雉經維其何故何感天抑地夫誰畏懼

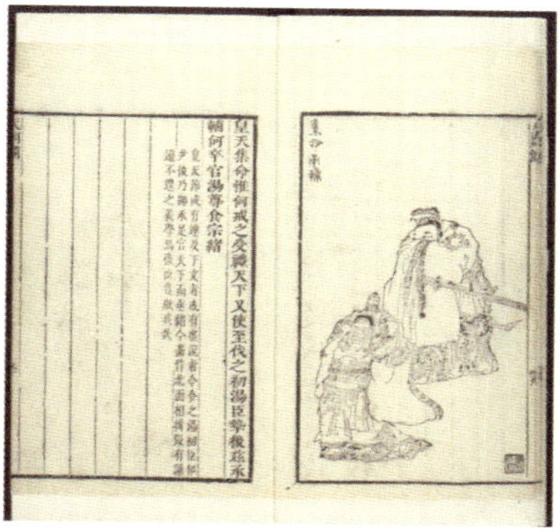
皇天集命惟何戒之受禮天下又使至代之初湯臣摯後茲承
輔何卒官湯尊食宗緒

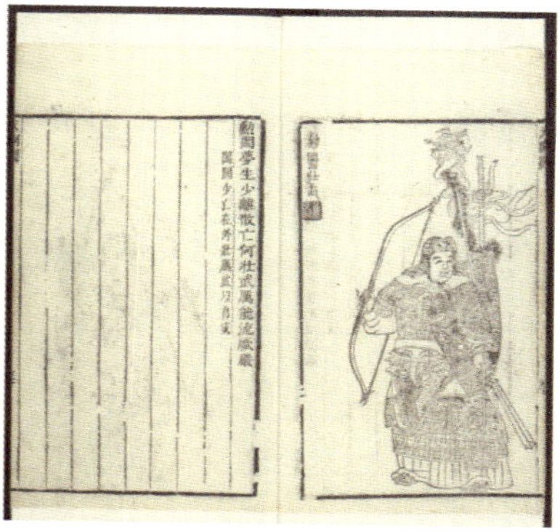
勳闔夢生少離散亡何壯武厲能流厥嚴

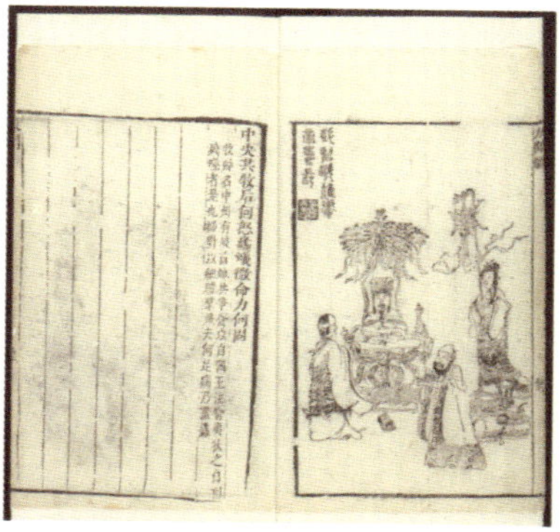
中央共牧后何怒蜂蛾微命力何固

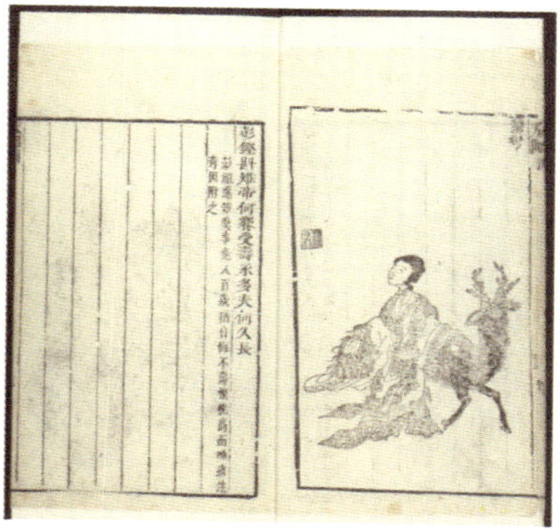
彭鏗斟雉帝何饗受壽永多夫何久長

屈原问道：

天命反复无常，到底怎样的行为会受到惩罚，怎样的行为会得到天命的护佑？

齐桓公九次会盟诸侯，终究是功败人亡。

那商纣王为一国之尊，又是谁使他变得疯狂昏乱？

为什么君王会厌恶忠臣的辅佐，而听信小人的谗言？

忠诚进谏的比干到底做错了什么，要遭到君王的打击制裁？

雷开只会阿谀奉承，为什么却能得到封地赏赐？

为什么圣人都有着同样良好的品德，他们的处世和结果却各不相同？

《天问》的最后一个问题，是关于楚国春秋时期的国君“楚堵敖”的疑问。他于公元前676年至公元前672年执政，在位不到五年时间。楚堵敖在位时，虽然楚国还很强大，但作为君主的楚堵敖却不理朝政，喜欢打猎。公元前672年，楚堵敖想杀害他的弟弟熊恽，却没有得逞。熊恽逃到随国后，在随国人的协助下，杀死了国君楚堵敖，夺得了国君之位，是为楚成王。

屈原曾以楚堵敖失去君主之位的事例劝诫过楚王。在《天问》的最后一个问题中，屈原问道：

“吾告堵敖以不长。

何试上自予，忠名弥彰？”

这两句诗的意思是：“我曾告诫过君王，堵敖在位不会长久。

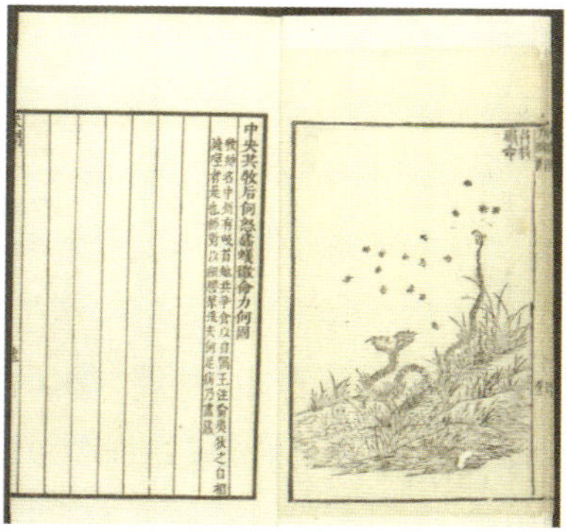
中央共牧后何怒蠭蛾微命力何固

驚女采薇鹿何祐北至回水萃何喜

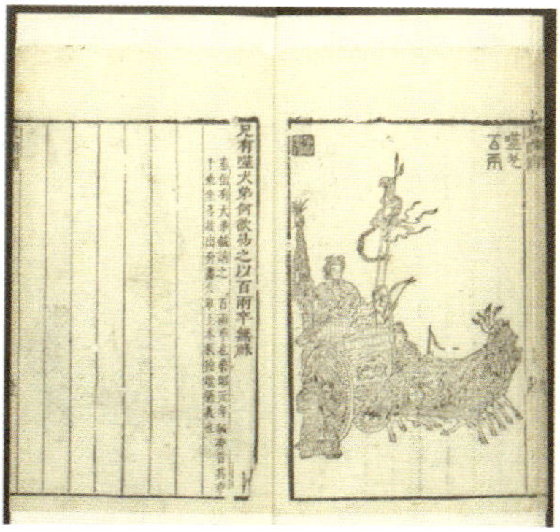
兄有噬犬弟何欲易之以百兩卒無祿

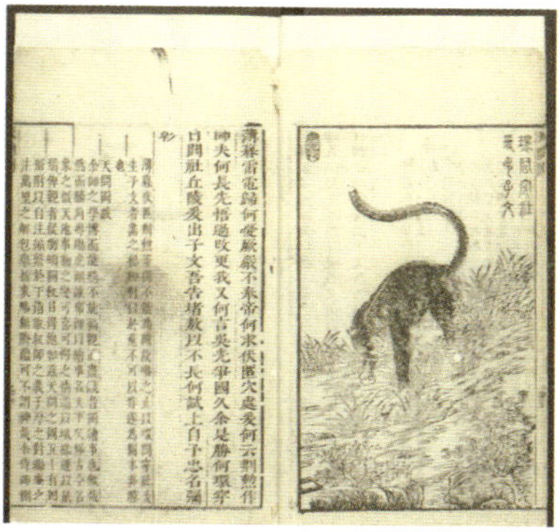
薄暮雷電歸何憂厥嚴不奉帝何求伏匿穴處爰何云荊勳作
師夫何長先悟過改更我又何言吳光爭國久余是勝何環穿
自閭社丘陵爰出子文吾告堵敖以不長何試上自予忠名彌

为什么楚成王弑兄自立，他的忠诚美名更加显著呢？”

这最后一问透露出了屈原对自己忠心劝谏却没有得到好下场的反思与自嘲。这是他的心结，他想不明白，为什么忠臣直言，不仅总是得不到君王的理解，还被打压。对此，他向天发问，也以诗句问天下人。

在《天问》中，屈原提出的问题包罗万象，有天文、地理、历史、哲学等多方面的问题，也有关于上古神话传说中奇事的疑问。这些只有问题却没有答案，对上天发出的提问，展示了屈原对自然规律的探索、对历史事件的思考和对传说的质疑。

《远游》是《楚辞》中屈原所写的极富想象力的诗作，在这首诗中，诗人没有把视角投向现实中的山川美景，而是将游历的地点投向了天上的仙界。

在这首诗的开篇，诗人描绘了一个深陷于现实苦难、在漫漫长夜里无法安然入睡的人，诗中写道：

“悲时俗之迫阨（è，困厄）兮，
愿轻举而远游。
质菲薄而无因兮，

远游图

选自《钦定补绘萧云从离骚全图》。全诗围绕『远游』，从诗人想要远游的动机写起，到为远游做准备，一直写到远游的过程及游玩途中所见所闻的各种奇异事物。诗中的远游并不是诗人真的离家去远方游玩，而是全在想象中进行的。诗人在想象中去了天上游玩，在天庭游览的过程中遇到了很多神和神兽灵怪之物。《远游》这首诗呈现出凄迷、神奇之美，描写了神游仙境的快乐，表达了诗人对美好事物的向往和对政治清明的追求。

风伯

选自《钦定补绘萧云从离骚全图》。

焉托乘而上浮?

遭沉浊而污秽兮,

独郁结其谁语!

夜耿耿而不寐（mèi，睡着）兮,

魂茕茕（qióng，孤独）而至曙（shǔ，天刚亮）。”

悲叹这压迫人的世俗啊，真想远离红尘去远方游走。

资质浅薄又无所依托啊，我该乘坐什么去上界周游?

深陷浑浊污秽的俗世啊，心中的苦闷该向谁诉说?

漫漫长夜无法入睡啊，只能像孤魂一样在辗转反侧中迎接黎明。

“意荒忽而流荡兮,

心愁悽而增悲。

神儵（shū，极快地）忽而不反兮,

形枯槁（gǎo，干枯）而独留。

内惟（wéi，只）省以端操兮,

求正气之所由。

漠虚静以恬愉兮,

澹（dàn，恬静、安然）无为而自得。”

神情恍惚而心神动荡，使愁苦的心又增添了悲哀。

灵魂仿佛在瞬间飞离而去，只留下枯槁的身体。

不断反省自身以端正操守，寻求光明与刚正。

明代　佚名绘《游仙图》卷

现藏于美国大都会艺术博物馆。

于淡泊宁静中才能感受快乐啊，在恬静的与世无争中才能悠然自得。

这个人在孤独与痛苦中神情恍惚。他感到自己已经失魂落魄，就像那魂魄离散只剩下干枯躯壳的人。他开始奋力自救，希望反省自身，端正自己的操守，寻求正气，让自己回归宁静自得的状态，恢复淡泊悠然的生活。

“闻赤松之清尘兮，愿承风乎遗则。
贵真人之休德兮，美往世之登仙。
与化去而不见兮，名声著而日延。
奇傅说之托辰星兮，羡韩众之得一。
形穆穆以浸远兮，离人群而遁逸。
因气变而遂曾举兮，忽神奔而鬼怪。”

听说有位叫赤松子的人，他清高脱俗，隐于深山修炼，最终进入悠然自得的境界。我愿学习他的做法，继承他留下的遗则风范。

感慨那些大彻大悟、拥有美德的人啊，我真羡慕他们能超越生死、登入仙界。

他们虽已在尘世间消失不见，可他们的声名却日复一日被人们传扬。

傅说（fù yuè，传说中成仙的人）乘着星星升天是多么神奇，韩众（传说中的得道成仙者）服丹药成仙是多么令人羡慕！

形体在宁静中渐渐远去，脱离人群而避世隐居。

在大气的承托下越飞越高，突然变得跟天上的神仙鬼怪一样形体轻盈。

“见王子而宿之兮，审壹气之和德。
曰：‘道可受兮，不可传；
其小无内兮，其大无垠；
无滑而魂兮，彼将自然……’”

在想象中，诗中人离开尘世，飘飞入仙界，去往天上远游。恍惚中，他看见了得道成仙的仙人王子乔。他赶紧上前去对王子乔深深地作揖，向王子乔讨教如何才能练就纯真之气，识破万物的真谛而得道成仙。

王子乔回答道：“道只能用心去感受，却不可言传；它小到无处不在，又大到无边无沿；只要你心神专注，宁心静气，它就会自然出现……”

“驾八龙之婉婉兮，
载云旗之逶蛇（wēi yí，同‘逶迤’，形容车旗迎风飘扬的样子）。
……风伯为余先驱兮，
氛埃辟而清凉。
凤皇翼其承旂（qí，旗帜）兮，
遇蓐收（rù shōu，古代神话传说中的神）乎西皇。
擎慧星以为旍（jīng，亦作‘旌’）兮，
举斗柄以为麾。

叛陆离其上下兮，
游惊雾之流波。”

辞别了王子乔，那人在想象中继续飞升。他坐上八条龙驾着的插满了旌旗的车，与无数神马拉的车一起，在天空中奔腾……

风伯为我做车队的先驱，扫荡尘埃，吹风送爽，凤凰张开羽翼伴着旌旗在身边飞舞，在西皇那里遇见蓐收。摘下彗星充当旌旗，举起斗柄用以指挥。五色斑斓的天空中，那人心旷神怡地与众神一起在云海波涛中遨游。

“涉青云以汎滥游兮，
忽临睨夫旧乡。
仆夫怀余心悲兮，
边马顾而不行。
思旧故以想像兮，
长太息而掩涕。”

那人驾驭着青云在美好的仙境中遨游，却忽然透过云彩俯瞰到了故乡。

他忽然心痛起来，想起家中的仆人可能因牵挂他而难过，想起家乡的父老兄弟可能正在想念他。车驾两侧的马也频频回头，不肯向前走。

思念故友，想见到他们，我不禁长叹一声，落下泪来。

诗中继续描绘道，他抑制住思乡之情，继续向南奔驰。他到了天边的北极寒门，越过厚厚的冰层，走过浩瀚的沙漠，他见到了天上四极与八方的不同景象：

“上至列缺兮，
降望大壑（hè，坑谷，深沟）。
下峥嵘（zhēng róng，高峻的山峰）而无地兮，
上寥廓（liáo kuò，空旷深远）而无天。
视儵忽（shū hū，很快地）而无见兮，
听惝恍（chǎng huǎng，恍惚）而无闻。
超无为以至清兮，
与泰初而为邻。”

在闪电之上，俯瞰深不见底的下界，他忽然觉得天地仿佛消失了一般，空茫一片。他似乎什么也看不见，什么也听不见了，恍惚间已经到达了清静无为之境，而终于体验到了人与天地浑然一体的至高、至纯的境界。

通过《远游》这首诗及前面《楚辞》中的一些诗篇，我们能清晰地感受到屈原诗作的大气和开阔。他的视野不拘泥于现实，他的诗歌超脱飘逸，不受世俗疆域的限制和束缚，将视角投入更为广阔的地方，天上人间、神仙鬼怪皆可入诗。在前面的《九歌》系列组诗中，屈原的这一写作特点更集中地得以展现。